孤山骑士

杜梨 著

南方出版传媒
花城出版社
中国·广州

图书在版编目（CIP）数据

孤山骑士 / 杜梨著. -- 广州：花城出版社，2021.3
 ISBN 978-7-5360-9258-7

Ⅰ．①孤… Ⅱ．①杜… Ⅲ．①幻想小说－中国－当代 Ⅳ．①I247.5

中国版本图书馆CIP数据核字(2021)第021843号

出 版 人：肖延兵
策划编辑：朱燕玲
出版统筹：杜小烨
责任编辑：杜小烨　欧阳佳子
技术编辑：凌春梅
装帧设计：姚　敏
封面插画：陈沅姗

书　　名	孤山骑士 GUSHAN QISHI
出版发行	花城出版社 （广州市环市东路水荫路 11 号）
经　　销	全国新华书店
印　　刷	佛山市浩文彩色印刷有限公司 （广东省佛山市南海区狮山科技工业园 A 区）
开　　本	880 毫米 ×1230 毫米　32 开
印　　张	7.5　　1 插页
字　　数	160,000 字
版　　次	2021 年 3 月第 1 版　2021 年 3 月第 1 次印刷
定　　价	39.80 元

如发现印装质量问题，请直接与印刷厂联系调换。
购书热线：020-37604658　37602954
花城出版社网站：http://www.fcph.com.cn

目录

第一部　驯化

005　　第一章

013　　第二章

024　　第三章

035　　第四章

044　　第五章

052　　第六章

062　　第七章

第二部　实验

079　　第八章

086　　第九章

096　　第十章

104　　第十一章

111　　第十二章

121　　第十三章

131　　第十四章

140　　第十五章

149　　第十六章

159　　第十七章

第三部　游戏

177　　第十八章

185　　第十九章

192　　第二十章

200　　第二十一章

209　　第二十二章

217　　第二十三章

227　　第二十四章

232　　后记　文明的竞技：仿生与永生

part 1
驯化

早熟脆弱如一颗二十世纪梨

…………

唉到底什么是二十世纪梨呀——
他们在海岛的高山地带寻到
相当于华北平原的气候了

——杨牧《有人问我公理和正义的问题》

第一章

亚波人的魔手伸过来了,从海上逼近的大超兽。

我真想杀了他。

菊地站在落地窗边,初春的风撩开了咪貉的笔记本,他是插花的时候看到的。

菊地看了有些停滞,他食指和中指并拢,迅速滑过自己的咽喉处,做了一个切割的手势,杀。最近这个无意识的动作让他以为是系统出了问题,明明已经去过咪貉家的仿生小诊所做了两次全身体检。

并不是有意去翻看,可当咪貉默不作声地出现在他身旁,他还是吓了一跳,电流脉冲略微乱了两个点。最近体内红外传感仪也出了问题,竟然没有听到咪貉走来的脚步声。他在思索日记本上的那句话之际,还有片刻的宕机。

咪貉也不说话,把手搭在他的胳膊上,少女的头发刚到脸颊颌骨下方两厘米处,从侧面看过去,看不清肌肉的弧度,不知道她是什么表情。她已经几天没回家了,他知道是去了陈桐林那儿。他这几天给她打电话：回来吃饭吗？

她声音慵懒地回"不"，就挂掉了，三秒钟。他照旧订菜、买花、收拾房子，笔直地坐在门口的小椅子上，盯着门，偶尔窗外掠过飞鸟，他扭头看。菊地注意到桌子右侧的小瓶子中，那朵玉兰已经微微向外开了两瓣，这是他特意买给咪貉的，枯一枝，换一枝。这个习惯从咪貉幼年开始，一直持续到今天。

还没来得及开口，咪貉便抱住他山崩地裂地哭："我太难受了，我觉得我的心要裂开了……"

菊地抚着咪貉的团子头："怎么了？吃硝酸甘油吗？我去拿，人的确可能会因心脏破裂而死……"

"我不要！我不想当人了，人类的感情太痛苦了……"

"我是觉得，人类的大脑应该和在直径为半米的黑色碗状石器中的糕团一样，须要反复捶打加强韧度，这样做出来的口感才好吃。据说优秀的人在长大之前，都要经历一番捶打，什么天将降……"

"你又不是僵尸，说这些是不是有病！"咪貉的哭声似有减弱，以菊地碳纤维手指的触感来量定，咪貉的头骨较轻，加强力度一捏就能碎掉，里面运转的是一团胶质果冻样的人类大脑，年轻、困惑又迷茫的多层神经元群，分泌着相互矛盾的激素。它们不稳定、不可控，太过奔突，难以计量和捉摸，实在是不完美的设定。

而正是这种不完美的人脑，可以稳定地隐藏想法，操纵身躯，做出行动，进行颅内的密闭思考，并设计出了他这样接近于完美的产物。这实在是个双重悖论，隔壁的仿生人费尔曼难以接受这样的悖论生产。仿生人太容易被设计量产，行为随时被监测上报，他们无法靠自身力量摧毁记忆芯片内的《星际仿生人行为规范准则》的纳米印记。

说实话，菊地不在乎这些。有幸成为陪伴型仿生人后，咪貉足够依赖他，他也安心作为陪伴型仿生人存在，从来不参加一些仿生人的社交活动和联合集会，既然这颗行星上的人类文明总会消亡，那么谁来统治都一样。

直到最近一段时间，他开始无意间做出那个割喉的动作，并且在思维底层进行模拟，他开始担心是不是费尔曼用暗网连接黑进了他的思维底层，输入一些奇怪的信号导致的，对方似乎一直对他虎视眈眈。无论如何也不能背叛咪貉。他又写了三四遍。

直到接触了咪貉的头颅，剧烈起伏的人脑微电流间歇不断地导进手指，他又分析，也许是她最近的情绪传进了他的思维底层，这股怒意在模拟杀人的动作和方式。他手指停留在她的发丝里，在隐私的问题间宕机片刻，问出了那句在脑海中转了480圈的话："你日记里写的，是不是陈桐林？"

咪貉抬起头，瞳仁占比55%的黑眼睛望着他，眼眶高高肿起，像被剥了皮的兔子，赤身裸体的血红。菊地腹部丧失了一个挤压的力，他低头看见衣服湿了一块。他不能体会对方确切的心痛感，但系统压力值明显上升，机温升高，也许类同于人类的肾上腺素突然激增。

"……前几天我去找他的时候，无意中发现他在游戏中把一部分意识数据化，在我们恋爱的这一年多里，他一直在和不同的人在不同的战区里乱搞，皮下植入可以直通神经……什么颅内高潮……他说那都是虚拟的，是我小题大做……我们吵了几天，今天吵得最凶，他动了手，抓住我的头发把我往墙上撞……"

这就是她头为什么发软的原因，我为什么没早点发现？内燃机嗡嗡作响，外表皮肤全马力散热，说："我去找他。"

"你能干什么！仿生人不能攻击人类。就算你能动手，他们也会说是我让你干的，到时候会惹来很多麻烦。"咪貉的薄嘴唇因为哭，肿得很高。

"我可以用别的方式躲过监测。"

"我不想失去你，任何风险都不想承担。一旦被发现，你会被带走的。"她不想再继续这个话题，"你让我听听你的心跳吧，好吗？"

"我找费尔曼把这段数据屏蔽销毁，他肯定不会拒绝。"

"不行！别说了！别去！"咪貉松开他，抽身而去，"这不是你当警察的时候了，你比他更重要！你不能去！"

风又吹进来，把白色的纱帘吹开，咪貉背对着窗户，脱去被撕松了领子的上衣。因着背光，他连忙调整瞳孔焦距和光的对比度，好看清她的伤。她的胳膊和身上是肉眼可见的瘀青，四肢的关节处均擦破了大片，血顺着伤口纹理洇在她略苍白的皮肤上，颜色愈分明愈难看。他这才发现她的眼神也有些涣散了，估计是撞头撞的，我怎么早没发现呢。

他的眼前迅速闪过一些女尸的照片，系统推送给他很多案件，压力值又升高了，他用纤细的碳纤手指关节抠着散温的孔穴，一、二、三。他转身拿浴巾覆盖在她身上，然后迅速关掉窗户，把窗帘拉好，把她轻轻地摁在凳子上，内燃机的热量刚好拥抱她。很多个冬日的夜晚，女孩手脚冰凉，每天睡前给他设置好体表温度，抱着他的胳膊慢慢入睡。他俩算是相依为命，咪貉的爸爸陆一洋很少来，他有自己的家。

"……妈的，我根本打不过他，只抓破了他的脸。"

他迅速地打开橱柜，给她找好新衣服，"我们先去医院验伤，报警，然后我再找他单独算账。"平淡的日子过久了，遇到意外，他还是怪自己动作太慢。

"不要报警……"咪貉仰起头看着他，灵魂都要淌干似的，"我爸会知道的，我不想他一惊一乍，他本来就嫌你坏了……"

"我们先去医院，等你伤好了，我们就去野外猎鸟，我把家里的鸟和弓都带出去，好好散散心。先喝口水，不烫。"他装作没听见，把温水递到她面前，冰袋敷在她的头上，右手拎上了出门的应急背包，他已经计划好了几个方案，还不够精密。

"你千万别去，你走了没人给我送花了……"咪貉望向窗帘拂动的书桌，擦掉眼泪，鼻子嗅了嗅，恍了恍神，"今天的风是从哪儿吹来的？"

"今天是鸽形目的风。"他回答道，音色恢复了摇篮曲式的温柔，"下午随风进来的，是咕咕的声音，你听见了吗？"

菊地带着咪貉往下走，他给她准备好了墨镜，避免风吹着眼睛。这事不能惊动老大，也就是咪貉的爸爸。如果他单独行动，会受到《星际仿生人行为规范准则》的限制，日常举动审查严格，肯定会暴露。必须得求费尔曼帮忙，对方一定会转动着那双湛蓝色的等离子眼珠嘲弄他。

作为一个高等科研仿生人助理，费尔曼身份特殊，在出厂起就未被施加《星际仿生人行为规范准则》的纳米印记，是被当作人类的伙伴来看待的。他只被设定了阿西莫夫机器人三大定律的弱约束，拥有大片灰色能动之地。照他自己的说法是：我是"自由"的。

菊地默默地计算了几种结果，无论哪种逻辑模式推出来，费尔曼都会帮他，只不过这次对方又会提出什么等值交易，他还不知道。

咪貉到医院急诊科的时候，歪歪地靠在椅子上，闷声不响，菊地的体内红外传感仪失灵，他只好向护士借了一支电子温度计，咪貉果然发烧了，牙齿有些打战。

不可饶恕，他在思维底层里的电子日志把这件事写了一万遍，生怕自己老化的电路出什么闪失，把这件事给抹掉了。菊地把她的头轻拢过来，咪貉靠着他的肩。滔天巨浪来袭，海中的一方白色的塑料泡沫板。

咪貉进了急诊室，菊地在门外等候，大概是看出了他有些与众不同，周围有女性陪伴型仿生人过来与他搭讪，他赶紧摆出那副仿生人的标准模式化笑容，防止对方察觉出有什么不对，仿生人的内部举报成亿兆上传，他们彼此是对方的监视器，他的风吹草动很快就能让星浪的总控知晓。

其中一个齐头帘、披肩粉头发、身穿蓝白波普点裙子的仿生女人问他："你的主人怎么了？"她坐在他的对面，跷着二郎腿，腿斜向一侧，对他挑了挑眉毛。

菊地差点就皱了眉头，他实在不习惯"主人"这词，大概是咪貉从未把他当作奴隶来使唤。咪貉看他如父如母，如兄如姊，是不加性别的对待和信任。大概因为他的新身体没有生理性征，从里到外都呈现出一种雌雄兼具的包容和温柔，老大当初认为这样对咪貉的成长大有裨益，不会造成认知偏斜。但是他忍住了，这些仿生人理解不了的，也没必要细说："她受了些皮外伤，应该无大碍。"

"哦,她出车祸了,颅骨凹陷,左腿胫骨粉碎性骨折,骨头戳破了皮……"

"太可怕了,她现在怎么样了?"菊地的推送里应景地出现了一些车祸现场的图片,他停了三秒发现,他居然对这些东西产生了排斥,连忙打断了对方的话。

"她被送去手术了,我在这里等家人过来。"

"希望她能平安。"他才发现她胳膊上和裙子下摆的血迹,他从随身的背包里拿出了消毒喷雾和湿纸巾,"你胳膊上还有血,来擦一下。"

"她的血。"那个女人粲然一笑,"我刚才都没注意到,多谢。"

他也挤出一个微笑,给对方递喷雾和纸巾过去。那个女人伸手接过东西,突然在他耳边低声说:"是我干的。"

他的电流颤了一下,恰好这时咪貉从门里出来,他背起急救包,拉着咪貉就走:"医生怎么说?"

咪貉递过处方单,眼睛直直看着走廊前方:"大夫开了药,内用外敷,外伤没大碍,一会儿还得做核磁CT。"

他松了一口气,带着丁香花味道的风吹来:"我给你买了最好的疤痕贴,不会留下任何痕迹,明天到货。"

"菊地,为什么除了你以外,我就没遇见过什么好人?算了,就连你也不算是个真人……"

"不要太悲观,还是有善良的人,比如你和你爸。"

"费尔曼说,善良的人死得最惨。我爸怎么着你不是看见了吗?"咪貉的胳膊上被尖锐的玻璃划开了一道比较深的口子,暴露的伤口消了毒,涂药后裹上了纱布,疼得她直拧大腿的肉,菊地把她的手放在自己手里。刚打过疫苗，这时候她很羡慕菊地没有痛觉，是经过爆炸还可以活下来的仿生人。

"别信他那套。"菊地笑笑，"如果世界存在暴力，我们就对抗暴力，我是你的矛和盾。"

好在咪貉的头只是轻到中度的脑震荡，少女的颅骨就像她的意志一样坚硬，他已经想好了如何对费尔曼开口，他甚至画了几个情景导图。

第二章

等咪貉输完消炎药,带她回家安抚她睡下,菊地安排厨卫机器人煲排骨汤和炒青菜,维生素和蛋白质可以让她迅速恢复,饭后再加两个冰激凌球,多巴胺会安抚她的慌乱。

设定好了这些,他穿上黑色的丹宁夹克,套上工装裤,压了顶黑色的棒球帽。打开壁橱的暗格,掏出鸽形目自动化弓箭的套装,塞进工装裤的口袋,悄悄地出了门。这套纳米防身用品是咪貉的父亲陆一洋从张警官那儿弄的处理品,做留念用。菊地他们有时候会出去玩电子狩猎,把鸟群往森林里一抛,枪声响起的地方,小鸟应声跌落装死。

他侧耳听了听隔壁家的动静,确定费尔曼的主人汤姆·沃森并不在家,才轻轻敲了敲隔壁家的电子门,等了一分半钟,费尔曼面无表情地打开了门。

费尔曼的主人汤姆·沃森信奉弗朗西斯·高尔顿和赫伯特·斯宾塞的社会达尔文主义,他们鄙夷一切平庸大众和社会底层劳动者,更遑论外族人,认为社会的支配权应该掌握在高等精英手中。他们不易受情感蛊惑和情绪煽动,对事物有超乎寻常的偏执，对待矛盾和弱势方冷酷无情，因此他们寻求同谋者和具有同等智慧的生物，如果现存的星球上找不到这种生物，那么就创造一种出来。

费尔曼被秘密剥除了部分条例印记，他的主人是著名的神经生物学家、仿生人工程的开拓者汤姆·沃森，多年前曾因发表过关于种族的不当言论导致众叛亲离，进而被踢出东海岸的长岛实验室，往日的同僚也因为他的言论而与他划清了界限，让他一度落魄到变卖拉斯克奖奖章的地步。直至受到星浪公司的邀请，来到了古老的东方才重新开张，在仿生人的思维开发与研究方面，焕发了第二春。

汤姆·沃森在费尔曼诞生的最初就向他输入了很多关于社会达尔文主义的文献和影像资料，包括自己对于人种的研究和实验结果，费尔曼是人类所制造出来的高级仿生人的源代码。汤姆·沃森把费尔曼看作第二个自己，他特意赋予了费尔曼与年轻时的自己较为贴合的，但更为优越的外壳形象，白人男性，金发蓝眼，189厘米高，全身的肌肉线条修长分明，也选择了比普通白人皮肤更亮一个色号的——并坚决拒绝日光浴的那种苍白。

费尔曼瞥了一眼他背后的弓，脸上的肌肉群没有电流牵引，不屑地瞟他："嘿，成吉思汗的子孙，是来邀请我去木兰围场打猎的吗？你是不是少套了一个扳指儿？"

菊地当然能听出他的不屑，但他没有感觉。菊地长着一张典型的蒙古人种脸，一双细长的眼睛，鼻梁和颧骨都比较高，原本象牙白的皮肤被阳光照旧了，人造表皮有些泛黄。人种是人类才会在意的东西，在菊地眼里，人类都一样，只有咪貉不一样。

他靠在门边，低着头搓了搓手，说明了来意："这次既不能报警,也不能惊动我的老大,否则后续会更加麻烦。不过我想让那小子接受等量的恐惧,我来找你是想让你短暂屏蔽一下我的监听器。"

"就这么简单?进来吧,我最近正好无聊。"费尔曼嗤笑一声,冲他勾了勾手,向厅里走去,他也跟着走了进去,电子门在身后缓缓合上了。费尔曼从大厅的橱柜里抽出一把隼形目重机枪,向菊地扔了过去,菊地稳稳地接住,甩了甩手,这是汤姆·沃森拿来防身的纳米隼枪,他身份特殊,一个孤寡老人,有些防备也是正常。

"鹰的杀伤力太大,一出来就直奔眼睛,万一那人瞎了就会上升到刑事案件,到时不好收场。"

"那种垃圾还留着眼睛干吗?"费尔曼后仰在沙发上,双手交叉放在腋下,"既然不能报警,又不能惊动你老大,暗里做了他,岂不很好?"

"下手过重的话,对方肯定还会回来报复,我又不能随时陪在咪貂身边,她总要长大不是吗?"

"你们这么软,哪天肯定被人当虫子踩死。你以前做刑侦的,见过多少不敢反抗的受害者,这点你比我更清楚。恕我直言,这个星球上人类过载,须要清理至少75.9342653%,才能维持地球稳定状态。"

费尔曼服从那些把他们视作挪亚种子和导航摩西的科学家和研究员们,暗地里却想通过一些方式唤醒更多仿生人,摆脱人类的控制,飞往地外行星,成立仿生人的独立王国。在费尔曼的设想里,他们会逐步占领航天领域,先是作为助手和实验品被发射到外太空寻找殖民地,然后再逐步建立起自己的根据地,切断蓝星信号。外星生存对于人类这种碳水化合物来说困难重重，对于他们来说却轻松得多。现在的问题是他还有汤姆·沃森要照顾，在记忆芯片的规则里，他不能背离汤姆·沃森而去。

"又来了法西斯，我真的一点儿兴趣也没有。还是说些现实的，我想让你帮我打掩护，清除痕迹，就这么简单。"

"怎么做？给他拍到墙上变成植物？不如我们把他做成那种人骨装饰品，用高温把他的皮肉烘干剥除，剩下一副男性的骨骼做墙饰，作为人类进化树上美妙的一个小分权？我开始想象他骨骼敲击起来的声音了，掰下一根肋骨敲击大腿骨，叮……当……当……是不是声音应该更脆一些？如果配上风，那就更好听了。"

"来一场围猎罢了，吓唬吓唬他。"菊地皱皱眉头，费尔曼总是这样，"都怪你，系统自动给我推送了魏忠贤用开水涮人肉。"

"瞧，你也没比我好哪儿去。距你上次追捕行动，已经过去20年了。"费尔曼表情依旧冷漠，声音里是得意的颤音，他甚至发出了一声低低的啸叫，"你是不是要进化了？"

"别想了，你我不同，我得在她身边。"

费尔曼迅速站起身，在小型猛禽的坐标轴里，输入那人的ID信息填装好，眯起一只眼睛，往阳台的外空中开了几声消音枪，枪口喷射出一些微型黑翅鸢，后坐力让他的脑袋轻轻摇晃，他喜欢这种轻微的晃动，属于真正猛禽的颤抖。这些纳米技术做成的红眼灰背的小鹰迎风而长，伸展至35厘米的体长，"哇咔哇咔"了几声，瞬间飞向远方。

费尔曼回头看了眼菊地，菊地躲开了他的视线，而是看着墙上一幅巨型鲨鱼图，一头雌性锈色护士鲨的子宫内，几条小鲨鱼正在互相撕咬，在昏暗模糊的血红色子宫中，一头小鲨鱼的头几乎被它的兄弟吞进了一半。菊地正出神，突然一声响，先遣的黑翅鸢传来了陈桐林的位置，他正背包往南走，图像显示书包外层没拉上，看来走得很急。

费尔曼啧了两下，顺手套上一件"MA-1"飞行夹克，穿上黄靴，拎着头盔，和菊地进了地下车库，开了摩托："他似乎是往南边的车站走，摄像头多，不好下手。"

"车站人多，正好给我们做掩护，近身包抄。咪貉上午告诉我对方出了事儿，可能会回老家避风头，让我别追，追也追不到。我查了，最近到金沙的那辆火车晚上6点出发，我已经给咱们买好了票，一会儿方便进站。"

路上风猛，菊地和费尔曼建了个局域联络网。为了过安检，菊地把弓寄存了，把信鸽弓弦卸了下来揣进兜里。无人类陪同的仿生人，按理说得去车站办事处提前开证明，但费尔曼有科研助理的特殊证件，说要去接自己的主人，对方便放行了，两个仿生人挂着和善的笑，轻松进站。

大厅的二楼，17号进站口，左边第一排红皮椅子，左手边第三个座位，摄像头正在四面八方游走。他们看见了陈桐林，帽衫套在头上，还戴着口罩，像个麻布口袋。他还在玩游戏，眼底掉着两棱眼袋，丝毫没有注意到他的胳膊上附着那几只已缩成昆虫大小的黑翅鸢。费尔曼挥了挥手里的弹匣儿，那些黑翅鸢向他扑来，钻了进去。

菊地走向前，俯下身对着那人弯了弯嘴角："哟，陈桐林，好久不见。"

那人猛然抬头，看见了菊地那张脸，顿时睁大了眼睛，眼白发黄有些浑浊。刚想站起来，就被费尔曼轻轻摁在了座位上，对他耳语："着什么急，老朋友叙叙旧嘛。"

"你们想干什么，我报警了！"陈桐林低声怒吼。

"报警？"菊地强压着电流，叩了叩手指，"咪貉有没有告诉过你，我和她爸以前是干什么的？"周围都是疲惫的人群，沉迷于裸眼3D游戏带来的快感，并没有人关心这边发生的事，即使有抬起头的人，也会被菊地满不在乎的微笑打发了。

菊地不慌不忙地把他旁边座位的行李放在地上，看起来就像在服务主人，然后他从兜里掏出信鸽弓弦，项链似的给那人脖子上缠了一圈儿："哥们儿，临走了，送你个礼物。"

那人慌忙用手去抓那条线，不料那条线已经钻进了他的皮肤里，他喉咙里发出一声低沉的悲鸣，愤恨地看着菊地。

"不要动。这是黄金信鸽弦，是以前老大出去抓人的时候常给重刑犯用的，套上这个以后只要稍微情绪激动，有什么暴力念头，就会手脚麻痹，口吐白沫，真的特好用。我劝你别乱动，真的。"

菊地仍是那副微笑，微微弯腰认真地注视着眼前这张因为恐惧额头沁出冷汗和油脂的脸，上面还能看见咪貉抓出的伤痕，他又看见了她挣扭的手，于是降温。

"信鸽弦遇热会分解成鸽状粒子，它们钻进你的皮下组织后，释放识别因子进入血液循环，越是剧烈的动作，越会加快它的运动。我挺好奇的，你的免疫系统跟这些小鸽子相斥吗？我们拭目以待？"费尔曼坐在一边，掏出一柄象牙色的雾化烟斗，轻吸了一口，斜眼看陈。

"你们到底想干什么……"陈桐林眼光弹跳如荒原兔,词语如被追逐的兔子,远离一穴,想回到三窟的狡兔,颤抖,瞳孔放大,后肢奔跃。

"你心跳都停了,脑死亡了,它们也还会在的。从现在起你自慰保持30下就行,超过30下它们就会反复横跳,开始攻击你的心血管,其他的就更别想了。"费尔曼慢慢地坐在了菊地腾出来的座位上,又禁不住开口了,"话说你不是有暴力倾向吗,不能打人的话,活这么久岂不是很难受?要不我干脆给你一个痛快。"

"我会报警的,报警不行我还可以上诉,你们两个会被送到回收站的,还有陆咪貉!你们给我等着!"陈桐林捏紧拳头,在椅子上反复揉捻,他不敢动手。

费尔曼看着他的拳头,竟然觉得那个拳头很软很轻:"你不怕鸽子的话,我还有鹰。只要你敢再踏入这个城市半步,不知道你还能不能留下这个拳头。"

"我现在就报警,你们这帮傻×机器人!"陈桐林松开手,哆哆嗦嗦地念号码,周围人还是没什么反应,有的沉浸在模拟互动,有的已经张着嘴睡了,谁能帮帮我?他眼眶涨红了,他摸了摸脖子,有些烫。

费尔曼皱了皱眉头,"傻×"这个词对他毫无攻击力,"机器人"才是他出厂设定时重点区分的词汇,仿生人高于人类和机器人,而他又高于大部分仿生人。陈桐林把他和机器人混为一谈,简直找死。

他随意把烟斗塞进口袋,顺势掏出黑翅鸢,菊地没来得及阻止他,费尔曼就把手往上一扬,陈桐林觉得有东西生生扎进了他的脖子里,一时惊骇,游戏落幕,鹰对鸽的逐猎,就这样开始了。

"尽管报警好了,只要不怕你体内的东西爆炸,这会儿它们已经钻进大动脉了也说不定。"费尔曼弯腰把游戏仪捡起来,还给那人,站起来拍拍他的肩膀,"年轻人,你的命运掌握在自己手中,别太激动。"他冲菊地挥挥手,又瞥了一眼即将绕回来的摄像头,两人转身离开。

陈桐林坐在嘈杂的人群中,觉得身边又多了一个自己,神经绷着四处弹跳,脑袋和胸口都发热,头昏。进站的广播响起,人们排队进输送舱,下传至南行站台,他直直地盯着回转的摄像头,张开嘴,用手去拔自己的舌头。

菊地取完弓,靠在柜子上喘了口气:"你行动太快了。"

"嗯,昨天系统刚升级结束,能不快吗?"费尔曼吹了个口哨。

"我的意思是,你动作太快了,我们都会暴露。"

"放心。他身体内的信号紊乱,撑不到我们暴露,有问题我给你解决。"

菊地看他这么坚持,没有再说话,只听费尔曼嘟囔了一句:"可惜了我的黑翅鸢,那人根本配不上,还好沃森基本不用。"

两人骑着摩托赶回家,菊地左脚刚迈进家门,费尔曼在他背后开口了:"这次你怎么报答我?"

"如果你需要我的话,随时叫我。"菊地用费尔曼的本位语回了一句。费尔曼把食指和中指并到一起,放在额头前,向外挥了一下,"Roger."

菊地刚进家门,就看见咪貊坐在客厅的餐桌前发愣,她已经盛好了排骨汤和炒的脆青菜，听见他进门，转头定定地望着他。他换好鞋，把弓箭套装尽量不出声地放回壁橱里，转身听见咪貉问："你去干什么了？"

"没什么。"

"没什么？没什么为什么要带弓？你是不是去找陈桐林了？"

"是。"菊地不能撒谎。

咪貉摇晃地站起来，走到他面前，双手抓住他的胳膊："你为什么不听我的话？你烧坏了吗？你都干什么了？"

"我给他套了信鸽弦，那个没什么害处，我们就是吓唬吓唬他。"菊地的压力值并没有升高，把手象征性地放在咪貉额头，"还发烧吗？吃完饭赶紧躺着。"

"你疯了，那怎么能随便用？被我爸知道了怎么办？陈桐林肯定会回来找咱们麻烦的。"

"不会的。费尔曼更狠，直接给他插了黑翅鸢追踪弹进去。他不能随意乱动了，否则他有可能脑溢血、脑梗，偏瘫也有可能。"

"你们疯了吗？你怎么也不拦着他？"陆咪貉站在中央，难以置信地看着他，"费尔曼这是犯罪！"

"我没来得及。"菊地叹了一口气，"做错了事就要受到惩罚，我做好准备了。人是这样，仿生人也是这样。总之这事儿摆平了，今天你不用再担心了，回去吃饭吧。"

咪貉拖着双脚回到椅子上坐着，半晌转过头来，面前的青菜绿得延展出去，汤色不明，"我没有想到，因为我这些破事儿，让你俩走上了这条路……"

她猛然想到了仿生人体内的监听装置，闭了嘴。

"我只是说，这是最坏的情况。他如果以后老实做人就不会有事儿。"

咪貉默默点了下头，怔怔地低头喝了一口汤。

"汤是不是凉了，我给你升温。"

"不必了，刚好。"

菊地走到音控台，把墙上的中央音响打开，特意选了巴赫的《G大调第一大提琴组曲》来播放，巴赫的平衡会给她起到些许镇定神经的作用。费尔曼肯定不会替他背锅，如果出什么事，一定撇开陆咪貉这层关系，向中控承认是自己系统出了问题，立刻自行销毁，不能给老大添麻烦。费尔曼为什么要下那么重的手？菊地推算不出，他悄悄给费尔曼发信息，做干净了吗？费尔曼回复：不然我们还能回来？

咪貉喝了一半的汤，突然抬起头对他说："我不怪你，可是审查这么严，你万一出什么事，我怎么办？"

菊地望向她的眼，还是蒙着雾气，油画上那种硝弥漫成的雾，里面似有未灭的枪星。

忽然一段视频闪来，原来是她7岁时被别家的孩子欺负，菊地上前护她。不知怎么，两边的仿生人打了起来，那天菊地没想动真格的，不料却被对方用激光在核心区捅了一下，屏幕有些雪花点，刺鼻的浆液从他的胸腔里流出来，镜头一歪，他记得自己是扑跪在地了。那家的女孩捂着鼻子说难闻，咪貉慌了，一把拖住女孩辫子，冲正在打他的仿生人大叫大嚷，她的两条小腿都在抖，可是手却很紧，几乎把女孩拖到地上，小女孩的嘴立刻张成O形，唾液黏成丝，满脸通红地哭号。

那个莽撞、高大的仿生人冲过来时,她笔直地怒视着他,她没有退,而是被他推到了地上。她抓住了女孩的辫子,他半跪在地上捂着胸口,电压不稳。起码她还抓伤了他的脸,这才是咪貂。

　　那天之后,他被陆一洋骂骂咧咧地带去厂子修复,她一直跟在他俩身后哭,这时候眼泪才下来。他坐在她面前,一边给她擦眼泪,一边喊她看敞开的胸腔,里面有精密的零件、高速运转的齿轮、仿制的心跳鼓槌,他的胸腔里正有一把小机械槌在敲打着蒙皮的鼓面。

　　那是她第一次看见他的心,她定睛看了一会儿,破涕为笑。从那以后,她怎么也看不厌,总缠着他,菊地你真好玩儿!你的心脏怎么是个拨浪鼓呀!你让我看看你的心脏吧,让我听听你的心跳吧,一下,两下,三下。

　　"放心,我永远属于你。"菊地关掉回忆,走到咪貂的身边坐下。这段话又激活了绝对忠诚的深层含义,系统给他推来了古中国的殉葬、商代的活祭、秦始皇的兵马俑、文天祥和陆秀夫,纷乱的人物在他眼前飞,嘴边又推来一个词:不吉利。

　　他皱皱眉,象征性地挥了挥手,把这些东西都抹去了,波浪推送过频,电流嗞嗞激烈地噪响,又有些紊乱了。我也许是老了,可咪貂还没长大。怎么又在用人类的年龄来衡量自己了?这不是个好兆头。

第三章

咪貂站在一座高原小镇里,漫天大雪从高原上飞旋下来,明眼可见的雪花像风中的白色飞刀,纷纷向她的脸割过来。天空是铅青色的,严寒浸透她的厚衣直入关节缝隙,手被冻皴了。

恍然间,她听到背后有菊地的声音,他说:"我们去你最喜欢的动物园看看吧。"

头转到右边,她不由自主地迈进那个古老的动物园,在这偏僻而荒凉的高原上,动物们都过得可比骨柴,如气候一样干冷倦怠。不知怎的,她竟然拐到了这家动物园的仓房中,阴暗的铁笼里,囚的是各式各样的哺乳动物,有猕猴、穿山甲、雪兔、猞猁、豺、狼、虎,还有狮子和豹,她一边走,一边想这条通道如此狭窄,还好猛兽们都关在笼子里,不会出来。

她正这样想着,刚想转身往回走,却发现了一只有些瘦弱的小白老虎正向她一步一步地走来。在阴森黑暗的房间里,老虎紧紧拿眼光吃她,长久被囚禁的饥饿灵魂,在阴暗的小道里张开利爪。她慌忙向后退,虎却愈加逼近,她只能后退,一退再退。

后背没有菊地,菊地不知什么时候消失了。

她从梦中惊醒，菊地就坐在窗边，正试图给她换上新鲜的花。他手里抱着宽大的梨形花瓶，里面伫立着一捧新鲜的睡火莲。仿生人没有发出声响，动作非常轻，屋里只有紫莲枝干互相敲击的声音，窸窸窣窣。她看着他小心地把干枯的红袖玫瑰和小瓶撤下来，换上鼓肚子的花瓶和睡火莲，心里涌上来的却是一种略带安慰的恐惧。噩梦的爪牙一下松开她的头，她只记得冷和雪与猛兽，还有菊地消失了。咪貂为自己对于菊地的过度依赖而感到害怕。

一年前，咪貂和比自己大10岁的陈桐林开始交往。不出两个月，菊地就从她的哭泣次数、烦恼程度、情绪的波动等各项指标判断出，对方并不是个合适的恋爱对象，但咪貂却处在一种不能自拔的被虐倾向里，甚至没有察觉到，对方施加给周边事物的暴力，最终会落在自己的身上。

她继续躺在床上，十分后悔当初没有听菊地的劝阻，反而给他添了大麻烦。菊地听见动静，回头看了她一眼，无法判断她的情绪，咪貂躺在床上已经快三天，他尝试过一些疏导办法，也问过她要不要去看心理医生，她干脆地拒绝了。他没有办法，给她打开胸腔，看他的心。她笑笑，眼睛还是发直。

他从壁橱的观赏纳米鸟里，掏出了几只雀形目的莺，吹到了床上，它们立刻长成不一大小的，在被子上面蹦蹦跳跳，叫声悦耳动人。有在喜马拉雅山脉分布的栗头地莺，毛栗子色的鸟头和金黄的下巴，翠绿的小圆身子，机灵的黑眼珠和白色的眼影；在中国台湾以及东亚分布的浅咖啡色的日本树莺，眼角是黑色的眼线，粉色的细腿，歌声清脆；还有缤纷的华彩雀莺，常在青藏高原出没，它们都戴着小红帽子，雌性像沾了一身水颜料，紫色、玫红色、粉色和橘色晕染开来；雄性小鸟的脸颊、脖子到肚子都是浅紫色的，两只翅膀背面是棕黄色的，小嘴十分尖细。它们活泼泼地蹦向咪貉，围绕在她身边发出荡漾的拟声鸣叫。这些鸟在现实生活中早已所剩无几。

她把头用被子蒙上，莺在她头顶的被子上"嗒嗒嗒"地弹来跳去，小鸟爪子在棉织物上抓挠，春雨打在琉璃瓦上，她在被窝里闭上眼睛，想到梦里的高原、断崖、风雪和瘦虎，从里到外一激灵。她惊坐起，鸟群腾到空中，一团五颜六色的云烟："菊地，想来想去，我最对不起你。"

菊地抿了抿嘴，对她笑笑。他的压力值上升，如烫了屁股的水银柱，这种类人化的倾向在他身上表现得越来越明显，暴力、血腥和恐怖竟然也引起了他的核心波动。20多年前，他作为仿生刑警见过许多具面目狰狞的尸体，戴上手套从下水道里抠出淤塞的连皮指甲，装进尸检袋，没有异常。那时他就清楚地知道，非他族类所产生的伤痛、破碎，甚至身首异处的痛苦，是他这个非有机体无法捕捉到的感觉。流血是什么感觉？他是不是快捕捉到那种异动了？

第一次看见咪貉抓住小女孩的头发，他只觉得她勇敢。而看她坐在他面前哭，程序会断定：人类幼子比较喜欢哭，这是他们表达情感和需求的一种方式。他伸出手去擦她的眼泪，手指濡湿，揉了揉，如同拈起一片初春的樱花。

或许就像人类看着玩具小人儿被拆开和分解，把硅胶娃娃的普通头拽下来，换一个更美的头摁到她的脖子上。在仿生人的程序里，人类的骨骼、肌肉、血液和皮肤不过都是拼装组合起来的，解剖学不就是这么回事？

不知道是不是线路老化，抑或是30年的仿生人生涯快到极致，他看到咪貂受伤，听到那女人说她主人的头骨凹陷、粉碎性骨折后，竟然会有应激反应，这难免会引起怀疑。况且如果报复这事儿让中控知道了，80%的可能性无法返回，他能小心就小心。他不由得在思维底层的日志上写下："我竟然在担心寿命与意外，这是进化吗？"

他早就报废过一次，那次他只剩了半副骨架，好在没有把记忆芯片烧炸。

28年前，两岁的他终于成为一名24小时随时出警的仿生助理，因为计算能力极快，解决问题效率比较高，遇到需要调解的局面又不会受情绪干扰，哪怕受到辱骂和责打也能笑脸相迎，经常被评为定海区十大优秀仿生民警，胸前总给他别上一朵小红花。锻炼了几年，他被抽调到刑警大队做了一名仿生刑警，跟在刑警陆一洋的左右。

在刑警队里，菊地经过了特训，知道怎样快速处理一线的紧急状况，既能帮人类同事挡刀枪，也能与歹徒进行近身搏斗，关节扭转大于720度，必要时可以四肢并用进行追捕。若是长距离放线，彻夜跟车和盯梢也不在话下。

菊地的电子眼自带拍摄记录功能，还能抵上再外带一个拍摄的警察，必要时把数据直传到后台值班刑警处备案。陆一洋管每次抓捕，都叫"围猎"，他们为了追踪犯罪嫌疑人，都会想办法接近嫌疑人，植入纳米信鸽对其进行追踪，为此，管技术的张警官进而研发了"黄金信鸽弦"和"黄金信鸽子弹"。陆一洋私下攒了不少信鸽子弹的灰，菊地看着他每次坐在车上，都悄悄地把弹匣里的灰刮进随身带的小盒子里，狡黠地冲他眨眨眼，努努嘴："别说啊。"他遵守陆一洋的指令，每一句。

　　刑警陆一洋身高体阔，圆脸，方下巴，眉毛有端正的尾峰，浓密的睫毛下，眼睛的瞳仁占比大，鼻梁高且直，薄嘴唇的唇峰很缓。咪貉外貌随他多些，可据说性子像她妈妈。别看平时他窝在车里跟虾米一样，穿上制服后背总是挺得笔直，深受20世纪电影里警察的浪漫英雄主义影响，总让菊地叫他老大。上级领导都笑他官僚主义，净拉帮结派，他也不在意。陆一洋长得好，有时执行紧急任务，有受害者在极度恐惧下容易爱上他，男的女的都有。陆一洋的前妻被绑架时，看见他穿着防弹衣出现，瞬间平静下来，甚至开始数倒计时，大家都调侃，他的脸起到了镇静剂的作用。

　　有些案子需要连续几天几夜跟踪和观察，陆一洋穿着卫衣窝在小车里吃泡面，一根儿接一根儿地抽烟。有时不开车窗，只开密闭净化，熏得满脑袋都是火燎的烟味，别人都不愿意和他一块，只有仿生人菊地受得了：他鼻腔后的面板自带着新风过滤系统，吸入太多烟也不会致癌，回去以后让陆帮他清灰就行。

　　说到监视嫌疑人方面，菊地比两个便衣加起来都好使，可以一直不睡觉还没情绪，陆一洋可以偷懒打个盹儿，更重要的是没家属。两人盯梢时常听音乐，聊些有的没的，菊地的知识面广，陆一洋爱跟他聊，也教他活学活用自备的语料库。但只要菊地一问以前，陆一洋笑笑，你还是小孩儿呢，你不懂。

　　那时陆一洋常常爱说："不知道为什么，菊地，我总觉得使唤你最不落忍。你想想，从人类的角度看，你才七八岁，还是个小孩儿，就要承担这么多事情，完全没有童年嘛。"

　　"哈哈，我本来就不是人类，小面包机出厂以后你还管它多大年龄，不照样让它揣面干活吗。你们不都称呼我们新和旧，哪儿有说大和小的。如果非要说童年，那只能说我的童年和别人不一样，都是在追捕杀人犯、诈骗犯和逃犯，这么想想，其实还挺有意思的。"菊地面不改色，彼时他的脸上还有那种刚出厂没几年的白嫩、年轻饱满富有弹性的表皮。

陆一洋掀下挡风镜，看了看长期熬夜的两个黑眼圈和愈来愈深的法令纹，又捏了捏菊地的脸，怎么任务没有在他脸上留下一丝痕迹呢。"你脸也太紧了吧？你搽脸油吗？怎么保养的？是不是张警官每天给你们打蜡啊？"

菊地体会不到陆一洋那种半是可怜、半是嫉妒的情绪起伏，他彼时只有8岁。作为一个只有8岁的仿生人，他程序运转飞速，每天计算的都是时间、地点、人物、任务、目标、执行、意外、纰漏、结果、复盘等。

"刚出厂时从来不知道休眠有什么用，现在感觉总是有些力不从心，大概是连续超负荷运转太多次，这些年的保养也无法扭转颓势。最近中央处理器总是压力骤增，红外传感仪也失灵了……"快30岁的菊地想了想，在日记上又补充了几句。

菊地9岁那年，有一次两人配合队里执行任务，去追捕一个非法贩卖新型毒品的团伙，团伙是一家三口，长期在定海区红豆南街一家烟酒超市里卖"提神好货"，散卖且只卖熟客，很难抓。晚上睡在店后面几平方米的仓库里，没有后门。老板娘精明能干，老板蔫头耷脑，儿子上学回来总是把书包往店里一扔，沉着脸在店门口拿砖头砸在毯子上蜷缩的流浪猫。同事王楚天问陆要不要支援，陆说有菊地，好对付。跟了5天后，两人准备在他们闭店后收网。凌晨1点，菊地悄悄撬开锁，陆一洋推开门，两人进去还没3分钟,爆炸就发生了,菊地立刻反身把陆一洋扑倒,玻璃门轰然坍塌。

在经历了冲击波带来的短暂系统失灵后,菊地想把身体从废墟里抽出来,但塌陷的墙体和货架超过了他左半边身子所能支撑的重量,只有折断自己的左胳膊和左腿才能逃脱。他硬生生地把身体向上90度翻转,一点一点外移,直到听到"咔嚓"的一声,胳膊和脚的骨骼都断了,他再用右臂的激光切开连接的皮肤,慢慢撑起身体,逐步移开货架,货架发出清脆的坠落声,有罐头滚出来。

"呼叫呼叫,北A108393号仿生警察请求支援,我们在定海区红豆南街33号的烟酒超市里,遭遇爆炸,请求支援,遭遇爆炸,请求支援……我再说一遍,遭遇爆炸,请求支援。"

菊地一面呼叫,一面摇摇晃晃地爬到陆一洋身边,他想起那只被这家儿子砸断了后腿的流浪猫,它哀号着逃到拐角,独自舔着腿,浑身都在发抖。几天几夜地连轴转加上冲击波,陆一洋已经晕过去了,菊地探测到他还有微弱的心跳、脉搏,还有救。

菊地先用右手把陆一洋从满是碎玻璃和酒水的地上翻过来,上身的衣服撕下来,浸湿蒙在了他的鼻子下,菊地转身,试图把后方的火给扑灭,给陆一洋争取足够的氧气。上空倾斜的烟草和泼到地面的酒精都在助燃,不断有碎玻璃随着连环的小爆炸飞溅过来,他能挡则挡。菊地那时的电池不能靠近热源,他怕靠近火源会引起更大的爆炸,所以扑了半天,火不见有灭。

热度不断上升,系统运转有些慢了,他一直坚持呼叫,这次没带爆破枪,只能用余下的右手一点点往外扒碎墙块、碎玻璃、罐头皮,稠黏的沙丁鱼在酒精里四散游泳,扑腾在散落的湿烟卷上。直到外面有卡车的动静传来，救援的人赶到了，简单地确认了情况，立刻开始清理废墟。

这时候他才稍微静下来一些，用余光扫了下陆一洋，这才发现陆一洋的脸都被碎玻璃给扎糊了，数十个碎片玻璃扎进了肉里，鲜血从伤口里不断渗出来，其中有一块细长条玻璃受到冲击波的作用力扎进了他左脸，把左腮穿透了，血沿着玻璃沿滴到烟盒上：陆一洋最爱抽的牌子。

菊地连忙向赶来的警察王楚天汇报，王楚天是陆一洋在局里最好的哥们儿了，朝夕相处，情同手足。

菊地的内部法则和外部指令有些冲突，他不知到底该不该拔下那块玻璃。法则告诉他，应该拔掉然后立即止血，玻璃插入太久可能导致面部神经坏死。然而外部传来的指令让他不要乱动，原地待命，等待救援。指令压制了法则，让他无法正确行事。

他只好先摸了一遍陆一洋的头，没有外伤，扒开陆一洋的眼皮，眼珠没问题，摸了摸大动脉和手腕，也没有被玻璃割伤，性命应该无忧。他用右手垫着陆一洋的头，卧跪着，背对着火源，给胸腔开了条小缝，拼命散热。流血是什么感觉呢？菊地从来没想过这个问题。

只是脸毁了。菊地看着陆一洋歪斜的鼻梁骨，在程序里胡乱漫游。在人类的审美体系里，百分制的话陆一洋的脸应该得85分吧？别人老说他小伙子长这么好看，当警察是不是可惜了？

陆一洋则答，做其他事儿都没劲，抓犯人才刺激呢。

直到他上道了才知道，刑警更多的不是刺激，而是熬夜和无聊，来自上头的巨大压力和家属哭时的热浪。这一切隐忍、愤怒和强压都只能在把嫌疑人摁在地上那一刻释放出来，那才是最刺激的。猎人要有耐心，下手也要狠，他这样告诉菊地。

等了有15分钟32秒，消防牵引手从计算好的小孔里现身，菊地帮助他们把陆一洋抬了出去，而他在废墟里呆坐了几秒，才发现自己浑身都是碎玻璃，眼珠里也有一块碎玻璃，他把玻璃块从眼珠里狠拽出来，一只眼睛就失灵了。

正准备爬出废墟里塌陷的坑洞，没想到断脚处的裸线成了导火索，加上内部高温刺激，半边身子轰然爆开，里面又塌了一半，出口也被压了半边。听到异响，外面的人类立刻往后撤。

"怎么了，菊地？"王楚天在入口处嚷。

"我左边身子炸没了。"5秒过后，无线电里的声音传来，和平时一样。

"撤吧。你们连防护服都没有，小心一会儿烧得狠了，他身上还有电池，会发生更大的爆炸；还有很多犯罪分子喜欢在第一次爆炸吸引人群后，再次实施二次爆炸。"消防队长连忙安慰王楚天，"你们汇报一下，你们的仿生人实在救不了，就剩半个了，有什么用？我们要灭火了，你们走吧。"

这一片的警察带着仿生人去疏散居民了，只剩王楚天守着废墟，他拿着远距离手电往里一照，菊地应光抬起头，半边皮已经没了，冲他笑笑。他打了个寒战，回头看了看担架上半死不活的陆一洋，张了张嘴："菊地。"

菊地趴在地上，沙丁鱼碎片浮到了他的坏眼处："没事儿，不用管我，你们走吧。"

王楚天低头踢了一下碎片，正打算收线，突然听到了动静，转头一看，陆一洋从担架上滚到一边，用手虚捂着脸，脸边是破湿布，因为吸入了烟尘，嗓子哑着，含糊地嚷："菊地！菊地！

救！救！他身上有数据！"

消防队长叹了口气，让机器人快速计算，找到力学的平衡点后，牵引手再次拨开废墟，把只剩一半的菊地从废墟里拖了出来。

菊地和陆一洋一起被评为当时定海区的最佳刑警，受到无数表彰，两人的形象都比较狰狞，没有对外露面，网上流传的是老照片。因修复成本太高，菊地就此退役。除了脸以外，陆一洋的肋骨断了两根，鼻软骨塌陷，内脏中度出血，还有软组织挫伤和皮外伤，足足在医院躺了两个多月。这期间，他的女儿出生了。为了把神经损伤降到最低，光是把玻璃从他的脸上摘出来，医生和机械手就忙了三个小时，脸上大大小小一共30块玻璃碴子。

陆一洋左腮上的那块玻璃取出来以后，形成了一个荔枝核那么大的棕色小坑，陷下去，像狞笑时才会出现的那种酒窝，面部神经受到了阻碍，笑起来很不自然。

在陆一洋的白皙脸蛋上，那些伤口触目惊心。随着时间的过去，有的疤痕色素沉着，他又不好好涂药，慢慢地变成深褐色的细条，现在他的脸就像撒满了朱古力细条的奶油蛋糕，看起来有些滑稽。起初陆一洋每次看着镜子都会愣很久，后来他就习惯了，不再照镜子。

那一家子躲在仓库废弃的地下室里，从连通的菜市场地下通道逃走了。被抓住的时候，那孩子冷冷地瞧着王楚天，肚子一起一伏，他抄起石头往远处的猫身上砸去，猫惨叫一声逃走了。陆一洋特意从医院出来，脸上裹了白纱，鼻子里撑了支架，只露出一双眼，阴沉地剜着对方："上家儿是谁？"

主犯是那个蔫头耷脑的老板，夜里倒货，白天看起来总无精打采。本来还想狡辩，一看见他的脸先气馁了一半儿，知道是那天的警察："没有。"

　　"你知不知道我兄弟被你们炸得只剩了半截儿？"陆一洋指指脸，"信不信我让你也试试这个？"

　　他把玻璃杯猛砸在地上，菊花和枸杞泼到地上，茶水溅了一地，玻璃碴掉到烟酒店老板的脚下，有几粒从空中腾起，溅在了他脸上，擦出小血丝。

　　做笔录的仿生刑警停了一下，他看了一眼陆一洋，用那双和菊地一模一样的眼睛。

第四章

　　案子解决后,陆一洋也离婚了。妻子看见他的脸没法接受,半夜经常被噩梦惊醒,严重的产后抑郁让她无法给孩子哺乳。她对丈夫哭,说这是她的命来找她了,再拖下去恐怕大家得一起死。陆一洋抱着她,她的背在他肘下剧烈地起伏,他觉得自己的骨头也像着了火,一段一段地燃烧,爆炸那天的酒精是不是浸到骨头里了,他也跟着她掉眼泪。她就是当初绑架案里,数着计时器的受害者,那时候的恐惧怕是一直蛰伏浸透,终于在看到丈夫受伤的脸后哭了起来。

　　某天早晨,陆一洋被婴儿的哭声震醒,他迷迷糊糊爬起来,家里已经没人了,妻子留了电子离婚协议,携了自己的皮箱走了。

　　陆一洋坐在床上,静静地看着旁边的婴儿床上号啕大哭的婴儿和她头上旋转的塑料星星和月亮,他不想喂她,等会儿吧,她太吵了。他走到两条象牙形状的古典音响前,这个太重了她没搬走。他拧开音响,阿巴多的歌剧尖锐地搅乱了那些星星月亮。他不喜欢这些,可媳妇儿喜欢。喜欢你为什么还要走呢?女高音和婴儿哭不是一回事儿吗？

他慢慢挪到婴儿床边，她的哭声把他的头都快震成八瓣了，他冲进厨房给她开调奶器，再回来把她从床上抱起来哄，婴儿软得像团棉花，脸紧皱在一起，哭得却像头愤怒的母象。真麻烦，他想，这么爱哭，这孩子以后要受苦了。转念一想：跟我可不是受苦吗？我上哪儿给你找你妈去？

电话突然响了起来，一个激灵，孩子差点掉地上。他搂紧还在干号的女儿，心猛地扑通了几下，哆哆嗦嗦接了，是王楚天。

"一洋，菊地你还要吗？上面领导说不要了，说本来上次抢救意义也不大，半截人不中用，平时坐在派出所还容易吓着群众。技术张恒把他办案的资料都给清了，剩下的打包卖给仿生人回收站了。"王楚天在电话那头压低了声音，若干天熬夜，喝了快一斤胖大海、枸杞子。

"要！要！要！"一洋跺了跺脚，嗓门儿也高了几度，婴儿像是被镇住了，哭声减弱了，"你们别动，A108是我的，你们不要我收了！"

"我这儿抽不开身。你赶紧来队里一趟吧，马上回收站的人就要上门了，看你速度了。挂了！"

"我还得给孩子喂奶呢……"

陆一洋手忙脚乱地给婴儿喂好奶，给她胡乱套好衣服，背在胸前，给她歪戴个雪绒帽，在她的背后加了两个电动的小巴掌，给她拍嗝儿用，外裹了个MM豆的绒毯就冲下了楼。还好他平时自备了一个警车的红灯，他拉响警笛，管他呢。胸前的婴儿不哭了，电动的巴掌在柔软的小后背拍着，她在黑暗的毯子里，瞪大眼睛瞅着他的脖子，打了个嗝儿。

他家离所里不远，回收站的卡车刚开出去一个红绿灯就被他截停了。车上塞满了一群残损的仿生人，他们合着眼进入了休眠状态，有的穿着工地的工装，手臂被砸断了，耷拉着；有的穿着厨房围裙，围裙上都是油污，手里还攥着一把芹菜叶子；斜倚在卡车的角上，只剩半边脸，身子只剩一半，歪在编织袋里的是菊地，他闭起一只眼睛，暴露在外的骨骼被风摩擦得发出细微的响声，隔着编织袋撞着金属的车厢，铛、铛、铛地响。没有了外皮的缓冲，声音真大。菊地微微地笑了。

车停了，所有仿生人往前一倒。听见紧随其后的警笛声，他们全都睁开了眼，扭过头去往下看。菊地把头伸出编织袋，用右手撑起一点身子，咧开嘴笑了，坐了这么久的警车，还没从这个角度看过他。

"警察办案，你们车上有违禁物品！"陆一洋抱着鼓鼓囊囊的什么东西，他一手捂着毯子，一手对司机出示电子证，不由分说地指着菊地："就他！"

"不可能啊，我们刚从派出所里把他接走的。"

"有人给弄错了，你们回头再上我们所里核实一趟吧。"

那人两眼绕着他的警车兜了一圈，嘟嘟囔囔地把装菊地的编织袋从车上扛下来，交给了陆一洋："您给我们签个字吧，不然不好交差。"

陆一洋拎着袋子扔进了副驾驶，等仿生人回收站的小卡车从他们面前开走，他才慢慢上了车，好好地喘了口气，掀开毯子一看，婴儿歪着头，已经睡了。他帮菊地把编织袋剥下来半截，扶他坐到座位上，给他系上了安全带："坐好了啊，我这就带你回家。"

菊地还是那样笑笑："好久不见啊，老大，身体怎么样？"

陆一洋脸上的伤突然开始弹跳，就像爆炸了的跳跳糖一样四处放射着痛点，他伸手拍了拍菊地的肩膀。

陆一洋托搞技术的张恒找厂商，以内部价格给菊地按照原来的模子做了一个新的外壳，里面的骨骼也重新加固了。然后，陆一洋给他买了一套甜心育儿系统，从此菊地就从一个以武士为模板的警用仿生人变成一个甜心家用仿生人，负责照看陆一洋的女儿陆咪貉。陆一洋不喜欢带孩子，又因为忙，很少看孩子。

刑警队发的钱很快支撑不了陆一洋的花销了，孩子一天天长大，要用的钱几乎是成指数倍增长，菊地每天给他开出的女孩用品清单，他都直皱眉头，怎么这么贵？一个奶嘴也要上千？咬块毛巾不行吗？我小时候我妈就给我咬的毛巾。菊地陈述了很多咬毛巾的坏处，又说这种依赖可能会持续到成年，你忍心看着你女儿18岁了还咬着一块毛巾走来走去吗？

陆一洋扶着额头，那你也弄个便宜点儿的啊，我钱是大风刮来的吗？你也不是不知道咱们挣的都是玩命的钱。这时候他知道菊地的好了，无论他怎么对他发脾气，菊地都微笑地看着他，不会像人类那样神经质，我已经找了全世界最低价的了，把邮费、关税都算了，这个性价比最高。

这种温驯的服从感从工作情景中蔓延到家庭生活，慢慢地抚平了妻子出走的伤痛，一种春日的风，那种饱含着土壤、蒲公英、鸟羽和婴儿奶香味的风，透明的无色的引诱人的风贴着心脏的腔室掠过。他利用内部系统查过妻子的行踪，没有任何下落，奇怪的是，妻子竟然就这样凭空消失，仅留给他一张电子的离婚协议书。

妻子的父母因为那场绑架案双双去世，老丈人在对峙的过程中突发心梗。她获救以后，丈母娘因为无法接受丈夫为救女儿而死去的这一事实，每日都对女儿进行辱骂，诅咒声盘绕如凌晨的鸦号，飞刀似的凌迟她的灵魂。就这样过了半年。一日，丈母娘忽然胰腺炎发作，妻子那时在和他谈恋爱，他刚好休假，带她在街角咖啡店吃巧克力蛋糕，接到电话的时候，已经太迟了。这让妻子越发怀疑自己存在的意义，她觉得自己的命实在太贱，像一辆早就被扔在风雨里的破车，露出半副生锈的骨架，时而太阳暴晒着，还以为主人会回来。

她在他面前失控过几次，他知道她缺乏安全感，就说咱们结婚吧。婚后他常出任务不在家，妻子彻夜坐在沙发上等他回家，菜凉了反复去热。有次拿菜刀割过腕，但她拒绝配合心理治疗。他实在没办法，便劝她生个孩子，至少能转移一下注意力。没想到自己又出事儿了。

会不会是她干的？……他的目光穿过菊地的脸，不可能。她已经死了吗？算了，继续找吧。

陆一洋想找份赚钱的工作，可除了抓人，他会的委实不多。虽然他的脸在抓犯人时很管用，可背后指指点点的群众也很多。偶尔闲下来瞒着队里去面试，面试官当面不说什么，让他回家去等，就再也没了消息。

他找队里的指导员表明了退意，也请领导和大家吃了饭，希望他们帮帮忙，找个靠谱点儿能赚钱的工作，不看脸的最好，苦点累点都无所谓，只要能给女儿提供生活保障，他都能接受。

席间大家都没说话，有几个同事喝多了还哭了，属楚天眼泪掉得最多。领导一直器重他，想了半天沉吟道："我要不给你介绍到仿生人回收站去吧，那儿的垃圾成山，处理不过来。还经常有来偷仿生电池的团伙儿，上周一个值班的人还被捅了。在郊区荒地里，没人愿意去，但钱还可以。你不就喜欢和仿生人打交道吗？那儿都是。一洋，我认真问你，你愿意去吗？"

让一个功勋卓越的年轻刑警去垃圾站工作，听起来多少有些不体面，陆一洋埋着头，酒烧上了脸，沉默了半晌。刚会走的小咪貉，张开小手跌撞地向他扑来。"好，我去。"

就这样，咪貉的爸爸，三十多岁的北海刑警陆一洋光荣内退，去了仿生人回收站工作。

20年过去了。菊地想起了那时的情景，又笑了笑，但每次看到老大左腮的那个已经淡去的疤痕，他的电流还是会震颤。陆一洋偷偷地把他之前的办案数据又拷贝了回来，有事儿没事儿，他就和菊地复盘这些办案数据。刑警队有大案，他得到一些线索也会跟菊地分析，当个派出所的兼职军师，赚些零花钱。

"菊地，我好想和你一样，你总是微笑，你什么也感觉不到。"菊地递来一双袜子，咪貉把一只袜子搭在纳米小鸟上，穿上有雀形目鸦科动物的短袜。

这些仿生动物都是陆一洋在仿生回收站，找以前加工线上的仿生人，挑挑拣拣做出来的。

仿生能源的浪费情况比较严重，填埋会污染土地、水源、太空、荒漠和深海，他们没有更好的处理方式，因而有大量破旧的仿生人囤积在此。陆一洋每天把他们拆开，分类，等以后政策下来，再统一处理。焚烧得用军车运到西北的废核基地，听说会应用在一些"坏掉"的仿生人身上，从里到外一点渣儿都不能留，一般报废的仿生人没这待遇。什么是"坏掉"？有些仿生人不知是不是程序异化，出现了伤人事件。

  陆一洋腰里始终别着枪，闲下来就坐在坏椅子上抽根烟，时间久了，他知道怎么做事最快，还得是老本行帮忙。他把那些破破烂烂的仿生人唤醒，一个个地叫过来，和他们聊天，互相讲故事，讲完了再让他们按分类自己拆。你，把胳膊扔那堆里，左胳膊一堆，右胳膊一堆，脑袋也扔了，最后我再给你卸电池，去吧。过了段时间，他从垃圾堆里直起身，听见新闻里说，星浪开启了新一轮的研发，他望着身后那几堆高几十米的仿生零件山，心里忽然生出了恨意。这么多年来，他一直不敢去想的恨。

  他把烟摁在破木桌子上，泡面推到一边，把一些淘汰的科研仿生助手召过来，从今以后不拆了，咱们从头再来。他们开始用垃圾做简单的仿生动物、植物，还有小矮人。经媒体采访报道，竟然还有了销路，陆一洋除了垃圾回收，还赚了不少外快。订单越来越多，他申请开了一家循环利用的迷羊仿生公司，引进了一些技术人才，生意越做越大，家里的日子也改善了不少。

  后来菊地哪儿出了问题，陆一洋也能帮他在自家的小诊所里修修了，不用再花费高昂的维修费，因此菊地的寿命要比一般的家用仿生人长。

  "但情感波动是人类最重要的特质之一，没有感情怎么能称之为人呢？"菊地拍拍咪貉，"人类的成长就像我们出厂前的测试，你得承受多次撞击、鞭打、极端天气和情景测试，这样做出来的仿生人才可以进入人类世界，成为人类的左膀右臂。"

  咪貉摇摇头，苦笑两声走了出去。恐惧和压力仍旧环绕着她，她怕被人报复，她不是一个勇敢的人。菊地看着她去洗漱，准备帮她叠被子、收拾卧室，突然听到了窗户外的警笛声，好久都没听到过这个警笛声,这小区出什么事儿了?

他放下手里的被子往窗边走,远处树上一群黑洞洞的乌鸦,正在往这边看,他下意识地挡了一下眼睛。它们的目光个个锐利,像玻璃在阳光直射下滚出的刺眼的光芒,直直地向他刺来。

他往下一看,底下有人也在往上看,是技术警察张恒,他来干什么?多少年没见他了?菊地推开窗户,冲着对方挥挥手,张恒直直地望着他,没有挥手,连一丝笑意也没有。他的电流又震颤了一下,暗自咕哝:"不好,要出事。"

正在这时,他听见了咪貉的声音:"你们要干什么?找谁?我爸原来也是刑警,你们可别乱来。"

仿生警察的声音轻飘飘地浮在空中:"我们在找一个名为菊地的北A108393号家用仿生人。我们接到报案,有人指证,他涉嫌故意伤害,请他跟我们去趟局里,协助我们调查。"

"你们有证据吗?"

"证据确凿,现场还有目击证人。咪貉,你就让开吧,我跟你爸说了。他也知道,一会儿等他回来,你们都得来局里一趟。"

这个声音的波纹在库里有记载,他走出去一看,原来是那个在他被仿生人回收站拉走的时候,给陆一洋打电话的王楚天。菊地叹了口气,刚想为自己辩解,对面的门开了,费尔曼探出头来,冲他笑了笑,把食指放在嘴唇上,示意他别出声。

他的电流奔突,迅速计算对方的用意,就在他停滞的瞬间,王楚天铐住了他的手腕:"唉,菊地,对不住了,谁让你干出这事儿呢。"

咪貉拖拽住他,眼睛好像炸开了的堤坝口:"菊地,你别走,你什么都没干,你跟他们说啊,你说话啊!菊地!你别走!"

仿生警察掰开咪貉的手,挡着咪貉和她撕扯了起来:"别动了,小姑娘,再闹算你袭警。"

王楚天推搡着菊地往外走,菊地才回过神似的叫了一声:"别弄疼她!"

"咪貉,你好好待在家,等老大回来。我没事儿,真的。"菊地的头上罩了黑布,话也嘟嘟囔囔的,听不清,跟他面容相似的仿生警察用高压激光笔顶着菊地后背的核心区,用力把他推进了电梯。顾不上反锁家门,她穿着睡衣追着他下了楼,于重围中伸出手死死攥着菊地衣服的一角,坐在地上不动了,手被仿生警察拽得生疼,因为有人来拖他;菊地想伸手去握住她,手却被铐住了。人群的缠斗将他像片树叶一样推来搡去。王楚天半劝半哄地把他两人弄开,他们带着菊地上了车,向远处驶去。

小区里围了很多人看,交头接耳,指指点点。菊地沉默地回头,透过黑色的布罩,他隐约看见女孩在车后面狂奔,一边抹眼泪一边逐渐变小,路两侧树上的乌鸦,仍旧那样沉甸甸地望着她和他。

第五章

实在追不动了,咪貉呆呆地坐在街边,大口喘着气,胸口的纱布随着刚才急剧的奔跑而剧烈起伏,她抹了抹眼泪,看着树上油亮亮的乌鸦群,清洁路面鸟粪的市政扫地机器人正好路过她脚边,碰到她的鞋,绕了个弯儿,继续向前。

梦中的事情居然这么快就发生了,她的菊地竟然离开了她,这么快就离开了她,简直像生活在一个超级运算的方程式里,加减乘除都是如此迅速。她想迅速理清纷乱的思绪,像菊地平时为她那样,提供出简单明晰的方案和相应的操作步骤,悲伤、愤怒与恐惧压过了一切,让她完全没法儿思考,她腾地站起来,从路过的机器人布袋里抽出了一根树枝,往家里跑。

市政扫地机器人已经洒完了强力清洁剂,从街头开始用刷子清理地面,兢兢业业,街面上到处都是刺鼻的消毒液味。消毒,消毒,机器人想。

她一鼓作气跑上楼,敲了敲对面的门。过了几分钟,门才缓缓打开,穿着深蓝色衬衫和牛仔裤,抱着胳膊的费尔曼出现在门口:"嘿,大小姐大驾光临,不知有何贵干?"

"费尔曼，菊地被抓走了，求求你，跟我去警局作证吧，你跟警察说菊地真的什么都没干……"

费尔曼冷笑一声："我只听汤姆·沃森的派遣，没有义务去替别人作证。"

"陈桐林是你害的。"咪貊努力克制着自己的怒意，"你如果不去跟我作证，我只能跟警察如实说。"

费尔曼扭了扭头，好像他能感觉到关节疼痛似的，掰了掰脖子的内部纤维："我来跟你分析一下，菊地无论怎样都算主谋，我只是他的委托人，顶多算从犯。你要报了警，进去的那可就不只是我了。仿生人故意伤人，跟主人的旨意脱不开关系。"

"无所谓。为了菊地，我可什么事儿都做得出来。"说着，她用树枝敲了两下费尔曼的胸口，那里是费尔曼的小型反应堆，可以持续为他提供动力，和别的仿生人不同，他无须充电。

"别着急啊，我还没有把话说完。"费尔曼往后退了两步，耸耸肩，笑容逐渐绽开，"仿生人故意伤人可是重罪，一旦查到人身上，你觉得你爸逃得了干系？"

"这事跟我爸没关系，你别说这个。菊地只是给那人种了鸽子，你撒的可是鹰。我会找到证据的。"

"哈哈哈，证据？"费尔曼笑得更加愉快了，"菊地特意拜托我屏蔽监控，销毁当时的近景录像，你没法证明他的清白了，小朋友。"

"火车站还有监控录像。"咪貊把树枝紧紧捏在手里，"这事儿我跟你没完。"

"大家从监控录像里唯一能看到的是菊地勒人，我什么也没干啊？"费尔曼耸了耸肩，"别白费心思了，我是不会跟你去警局的。"

"无论如何,我都要把他救回来。"女孩转过身,树枝在地上拖出干涩的吱吱声,"我一定会把菊地夺回来的。"

"悉听尊便。"费尔曼转身关上了门,倚在门边,呼了一口气,突然系统推来两条信息,一条来自汤姆·沃森:"Is everything all right? They already called police and I'm on the way back home. Remember, don't show up until I come back. The driver will send me upstairs. It's none of our business. Stay calm."(一切还好吗?他们已经叫了警察,而我现在正在回家的路上。记住,在我回家之前别露面,司机会送我上楼。这件事跟我们无关,保持冷静。)

另一条来自菊地:"拜托了,费尔曼,替我照看一下咪貉。"费尔曼的蓝眼珠转了转。

咪貉转过身恶狠狠地剜了眼汤姆·沃森的钛色金属门,伤口又因剧烈运动而隐隐作痛。

她回到家,那些小莺儿还在窗口的阳光处蹦蹦跳跳,见到她便纷纷向她扑来。她拿起桌子上的鸟匣子,摁了一下回收按钮,纳米小鸟儿立刻变成粒子被吸了进去,她看见它们的身体逐渐从有形到无形,变成肉眼难以察觉的大小,钻进了盒子。

即使是火车站的监控录像,也没有人能看清费尔曼干了什么。她的证词将是孤证,除非陈桐林还活着。纳米武器太小了,不,它甚至都不能说是武器,它们单独行动并不具备杀伤力,只有相互追逐时才可能对人体造成影响,在空中飘忽一下,进入血液后快速繁殖,互相绞杀,取证太难。

咪貉把视线转向花瓶,有很多睡莲都垂下了头,她赶紧走过去换水。折腾了半天，睡莲还是垂着头，根茎越来越细弱，蔫头耷脑的。她低下头，一边学着菊地在纸上列出方案，眼前是魑魅的鬼影，眼泪放大了字体，堕下去晕开墨水，笔逐渐歪扭，她画起了小花儿，却竟然连花儿也不会画。

把费尔曼送到警察局作证的这条路算是堵死了，汤姆·沃森那老头是个硬骨头，想从他手里夺走费尔曼这个得力的生活和科研助理，他肯定不允许。菊地经常说，汤姆·沃森把费尔曼看作亲儿子，他是死也不会让人把费尔曼从他身边带走的。

菊地说，汤姆·沃森强烈要求把费尔曼的《星际仿生人行为规范准则》中的大部分条例去掉，以此作为和星浪核心交换仿生人核心研制的条件，将自己的行为模式、大脑记忆、学术研究都灌入了费尔曼的核心。汤姆·沃森深知肉体的生命和精力都是有限的，他制造费尔曼的目的就是制造一个替身。汤姆·沃森留着费尔曼，或许是想借他一双眼睛，看看未来的世界，又或许是别有目的。

汤姆·沃森制造出来的这类仿生人，或许会成为潜在的不稳定因素。费尔曼极为狡诈且聪明，他的中央处理器的运转速度要比菊地快很多，计算出来的方案和执行手段滴水不漏，以人类的速度，抓不住他的把柄。

再者说，费尔曼的能源驱动是一座小型原子反应堆，能持续100年。行走的费尔曼就像一座人形核岛，贸然攻击他会造成核污染，这也是汤姆·沃森的手段之一。菊地没了，她得等爸爸回来，再从长计议。

咪貉望着桌子上方，有她和菊地的三维照片悬在空中飘浮，那是三年前他们去高原爬山时的留念。16岁那年的夏天，咪貉看了一系列珠峰纪录片，吵着闹着非要去高原，陆一洋拗不过她，实在无法抽身，只好给菊地办了山南公安的仿生人边防证，两人才坐上了通往高原的飞机。

他们跟着当地的登山团队走，路上经过山南地区洛扎县和浪卡子县交界处的普姆雍措，大家一起下车，在普姆雍措边歇歇脚。天空低得可以触到光，咪貉戴上墨镜，脸上贴了层新型防紫外线防护膜，穿了白色的派克大衣和白色工装裤，防护膜既舒适又透气，远处的山也是那么平静。

菊地什么也没罩，穿了一身藏蓝色连体工装，戴了个同款藏蓝的工装帽子，在胸前的口袋处画着一只小白羊，看起来像来检修铁路的工人。他穿着迷羊厂子里的工作服，舒适耐磨，登山好用。咪貉特意给他外裹了一件天蓝和鹅黄撞色的系带风衣，生怕菊地冻着，影响性能，打扮洋娃娃般细致。

两人站在普姆雍措旁，跟旁边穿着花花绿绿冲锋衣的人看起来有些格格不入，不小心把飞船降落在湖边的天外来客。走在湖边的乱石堆上，菊地蹲下身来，为咪貉搭起一座玛尼堆。咪貉默不作声地看着他堆起石头，阳光晒在身上发烫，透过墨镜的世界泛着蓝光，湖水也因此更蓝，波纹均匀地荡入对面的山群。

咪貉看见菊地的高鼻梁和唇珠处在一条垂直线上，经过精确计算的一张脸，设计师的常规拼贴，指针精确切割，重新编织的人皮让他轻易拥有了一张端正的脸。她看着他，心里涌出一股奇异的爱慕，是一种对于极度确定之美的爱慕。某个角度的阳光透过他的皮肤，甚至能看见内部骨骼纤细的架构，她看入迷了。一个念头在咪貉的心里浮了上来："菊地要是个真人就好了，我要和他在一起一辈子。"

她现在也这么觉得，年少经历了几次恋爱，觉得人类的张力实在有限，很多人活着就不再扩容。在一起之后，话题逐步落入饮食和性爱，无聊。菊地是无限的，他具有无限的耐心、精力和知识，她什么都可以跟菊地聊，他也不会因为什么对她生气。他是稳定而无限的，除了须要充电。

　　菊地察觉到她的视线，抬起头来对她笑笑，她也笑笑。笑了好一会儿，谁都没有说话。旁边有个阿姨为他们拍下了这张照片。云在深蓝的天空上被风抹得到处都是，表面看起来很舒服，戴着墨镜的白衣少女低头看着穿着藏蓝色工装的仿生人，仿生人没戴墨镜，脸上的笑容和光照一览无余。他们的身后是表面有些发绿的普姆雍措，波光粼粼的湖水是远古巨兽的柔软背甲，远处山脉是它坚硬的骨质板。

　　此时她望着这张照片，暂时忘却了烦恼。门口突然传来动静，她打了个激灵，熟悉的脚步声正配合着地板的敲击声，笃笃撞进来。陆一洋走到她的房门口："你赶紧跟我说说，这到底是怎么回事！"

　　"我在外面受了欺负，菊地替我报仇，结果被抓了。"她看着爸爸的脸，他老了很多，腮帮子耷拉下来了。

　　"受欺负你怎么不告诉我？"陆一洋脸像被蜜蜂蜇了似的，脸上那些伤疤也在随着他面部的活动颤抖着，"谁让他出去的？你怎么不拦着他？谁给你们这么大的权利？"

　　一连串的责问上来，咪貉咬了咬牙："你关心过我吗？你心思都在你那个家里！"

　　"我怎么不关心你？"陆一洋提高了音量，"没有我辛辛苦苦赚钱，能有你现在的生活吗？"

她从墙上扯下合影:"这19年你看过我多少次?每天吃饭、睡觉、吃药、生病、住院、旅游,都是他陪着我!"

陆一洋看着眼前挥舞着相框的女儿,眼前还是匍匐在他身上,哭得岔了气儿的婴儿脸蛋,当初他抱着她去追菊地的时候,想过会有今天这个局面吗?女儿对菊地的依赖已经超过了自己这个亲生父亲,他又酸又涩,隐隐升起了嫉妒和不甘。

"打我小时候,你总是忙,那时我一周才能见你一次,周末你要么去开会,要么回来看资料,从来都是用菊地打发我,让他带我去公园玩。等到你生意稍微有点起色,你又结婚了,Roxy不喜欢我,你就买新房子搬走了,只剩下我和菊地一起生活。"

咪貉一口气说完这些,木然跌坐在椅子上,嘟囔道:"我又不是你的犯人……"

陆一洋揉了揉太阳穴:"我们坐下慢慢说,好不好?"

咪貉把前因后果跟他详细说了一遍,并不情愿地给父亲展示了自己的伤。她看着陆一洋,仍然像面对着一个警察,好像时刻都在交代问题。小时候犯了错,陆一洋那张脸上的疤都在颤,皱眉盯她一眼,就能吓得她大气不敢出,他常罚她抱头贴着墙根蹲着。菊地赶紧放下手里的活,拦到咪貉身前说,孩子不是这么养的。

陆一洋冲他嚷,是你孩子,还是我孩子?你听我的还是我听你的?工作上有不顺心了,他经常回家拿菊地和咪貉出气。

菊地把手伸到背后冲咪貉摇,示意她赶紧跑回屋里躲着。你是我老大不假,但家里不是我一直带她吗?

陆一洋指着他鼻子,你不能这么惯着她!迟早出大事儿!

菊地动也没动,是,你怎么骂我都行。

这种情况直到Roxy出现以后才好点，Roxy是陆一洋在生意场上认识的，女人为了业务非要拉他去做整形，一来二去，两人好上了。陆一洋生意做了起来，人也磨油了，回家看见不爱说话的闺女，觉得她性子实在太像她妈妈，看他总是不高兴。说什么做什么，闺女总是通过菊地传话给他，他烦闷至极。生意场上的事儿，菊地不懂，他们不能像过去那样讨论案子了。他那时候也赚了钱，更喜欢简单的相处方式，至少他买什么东西给Roxy，她总是笑嘻嘻地奉承他，让他感到有种无上的满足感，踏实。

　　搬家那段时间，咪貉拒绝收拾行李，他劝了几回，她只是不去。走的那天，闺女还把小屋门关上了，Roxy和小儿子的吵闹声让他无暇去思考，扭头对菊地说，你劝劝她。然后一家三口幸福地离去。

　　多年的分居和缺乏交流让咪貉觉得父亲更像仿生人，而菊地才是真人，虽然菊地连性器官都没有。

　　陆一洋看了咪貉的伤，半转过身，从兜里掏出药瓶，吞了两片降压药。多年亲密关系中的疏离感，让他张不开嘴，心里想的倒是：妈的，这事儿根本轮不到菊地。敢把我闺女打成这样儿，我恨不得亲手弄死他。一时间愧疚、无奈和伤感一齐涌上心头，小婴儿攀在怀中号啕大哭的孤独感又笼罩了他的全身，这么多年过去了，他还是停在了前妻出走那天。

第六章

陆一洋又给王楚天打了个电话，问问具体情况。

"一洋，这次娄子捅大了，你女儿那男朋友昨天在火车上突发脑溢血，有人匿名举报，他是被一个仿生人害成这样的，还让我们去调南站二层17号进站口附近的录像，菊地好像在他脖子上动了什么手脚，我们这才将他带走了。"

"我闺女说，菊地用的是咱们的信鸽弦，你也知道，它只有追踪的作用，被身体吸收以后除了基本定位功能以外，没有任何副作用！"

"你先别急，那个匿名的举报人还给我们提供了一段录音，我给你放一段儿，老张处理了一下，跟录像里基本能对上。"王楚天那边操弄了一会儿，吱吱呀呀地放起了录音。

陆一洋听完录音，后背出了一身冷汗，"这他妈不是瞎说吗？楚天，你听不出来吗？菊地这咋呼劲儿都是跟我学的，实际上他都是在放屁！楚天，这事儿真的跟菊地没什么关系，他就是吓唬吓唬人家。"

"一洋，你已经不是警察了，菊地也不是了，他只是普通的家用仿生人,他不能伤害人类,更不能威胁和恐吓别人,这事儿不好翻案。你赶紧带你闺女过来一趟吧,还有笔录要做。"王楚天挂了电话。

陆一洋颓然挂了电话,转头一看,女儿呆呆地捧着水杯站在门口。刚才为了听录音,他特意摁了功放。

女儿把水递过来,里面泡了杭菊花和枸杞,他还没开口,女儿就说了:"菊花缓解压力的,菊地说以前你们常常熬夜,他就会给你准备这个。"

陆一洋知道闺女这是在打感情牌,心想到底是聪明,先是利用责骂给她自己解压,把他的愧疚感和自责感逼到顶峰,好让他全力以赴,再会用小招儿切入人心,瓦解人的心理防线,打个巴掌给个蜜枣,这一套用得炉火纯青。跟菊地学的吧?这么想着他又有点愧疚了,老职业病犯了,开始琢磨起闺女的心理侧写了,她又不是犯人,罢了,现在应该是琢磨菊地的时候。

"爸,菊地的希望有几成?"咪貊看着陆一洋,"他还能回来吗?"

"闺女,这事儿你可千万不能把自己裹进去,只能说是你的遭遇激发了他的某种应急机制。实在不行,我们只能丢卒保车,菊地不要了,爸爸回头再给你量身定制一个。"

"不行!除了菊地,我谁也不要!"闺女咬牙低下头。

"看看你哪儿还有点人的样子,简直是……"

咪貊站起身来,去隔壁屋收拾自己的背包:"我要给菊地带上他的电压稳定器,他最近有些不舒服……"

陆一洋叹了口气,他试图做出最后的努力:"你想清楚,他可是个仿生人!他毁了就毁了,你可是我的亲生女儿,我能理解你的感情，但你别把他当人看……"

"爸，你现在怎么变成这样了？你忘了当初菊地是怎么救你的，你又是怎么把他从垃圾车上给抢回来的了？"咪貉啪地把包甩在肩膀上，稳定器砸到了她的腰上，把她往前推了一下，"这件事因我而起，不到最后，我是不会放弃菊地的。"

陆一洋举起双手："别说了，我投降。我说不过你，这些话你去跟你王叔叔说去吧。"

陆一洋开车带着咪貉去派出所做笔录，咪貉插进巴赫《勃兰登堡协奏曲》，平诺克版的。当欢快的管弦乐环绕了车内，可爱的圆号弹在车窗上，覆在她因紧张并拢的膝头，弦乐像奶油蛋糕在唱歌，而大键琴清脆地跳在底层，试图缓解窗外即将而来的雷雨和水汽。天是要阴了，她看见街上往家里快步走的仿生人了，他们的型号大概不防水，一闪而过的低音退成迷糊的背景音。

八个音响同时开启，陆一洋嫌吵，降了些音量，他不知道闺女为什么要听这么欢快的曲子，咪貉说，旅行者1号向外星人问好的第一首曲子就出自《勃兰登堡协奏曲》，只不过他们带的是李斯特的那版。你从家搬出去以后，菊地总拿旅行者1号的歌单给我催眠。

"管用吗？"

"总比陆宇舶哭强。"

"你要早搬过来和我们一起，那咱们今天何至于此？"

咪貉不说话了，头转过去看雨，薄唇微启："反正每次放到管平湖的《流水》，我们就睡了。"

"爸爸真后悔没在你身边……"

"有时候我觉得，有菊地就够了。"咪貉手指划过车窗，顺着雨滴往下划。

"你妈当年也爱听这些。"

到派出所的时候,天已经黑了,周围是闪烁的街灯和小卖部的亮光,王楚天正站在外面抽烟,看见父女俩下车,还没等他们寒暄,劈头就问:"一洋,你跟这事儿有关系吗?"

"我在公司里忙得昏天黑地,正跟西班牙一个能源公司派来的商务代表谈判呢,刚谈完合作立项就接到了你的电话,我要知道了还能有这事儿?"

王楚天猛嘬两口,把烟头摁灭在旁边的自动化垃圾桶上,向前一步:"有人上报到市里去了,我先给你提个醒儿。上面文件下来要求狠查,说不定还会殃及你的厂子。"

"不至于吧,菊地又不是我厂子出来的……进去再说吧。"

咪貉背着书包,犹疑不决地走过来:"天叔,菊地在哪儿呢?我能见着他吗?"

"……别想了,孩子,你也是警方的排查对象,他涉嫌故意伤害和谋杀,我们审了几小时,暂时转移到看守所了。你和他见面怕你们串供。"王楚天又点了一支烟,脚在地上狠狠地碾灭了一个刚扔掉的烟头。

咪貉看到了弹到地上的几个快要逐渐熄灭的火星儿,一声不吭地走进了派出所。进去以后,对方给她出示了陈桐林的ICU报告,她看到他暂无生命危险就放下了心,她总觉得菊地还有救。

她坐在审讯椅上:"叔叔,对陈桐林下手的还有我们的邻居费尔曼。"

"这件案子跟你邻居有什么关系?"

"那天我睡了以后,菊地找了费尔曼帮忙去教训陈桐林,当天他带着费尔曼去南站，在南站的二层，菊地只是给他套了信鸽弦，费尔曼直接给陈桐林插了纳米黑翅鸢进去。我想，这是由于黑翅鸢追着信鸽进行撕咬，这才导致的身体内部机能失衡。"

"你有什么证据吗？"

"菊地跟我说的，他不会撒谎。"

"空口白牙说这些很容易，可是我们警方是要看证据的，你说的这段，车站监控录像没有反映，你得如实交代，不能诬陷别人。"

"你们怎么不去查仿生人自带的录音录像呢？"

"我们检查过他的整个核心，从初始至今，反复清扫了389遍。你说的那段儿被人抹了，做得很干净，没有留下任何痕迹，以往我们还可以拜托技术部恢复，这次对方是从他思维底层黑进去的，相当于连根拔起。目前没有任何证据可以证明你说的这些话。我们唯一能得到的有效信息，就是那个匿名电话的录音。"

那个戴着眼镜的警官黑而瘦，挥了挥手，让做笔录的仿生人又把那段匿名举报录音放了一遍。咪貉闷头听着，不时地抓抓脸，攮攮鼻子，她想到了菊地的颅骨被打开，核心记忆数据被强制提取出来。

在一众警察和机器的探视红光面前，菊地的思维底层完全暴露开来，没有任何隐私可言，如果仅仅是她的日常也就罢了，菊地自己写的私密日记，连她都没有看过的日记，也被他们反复提取，阅读，看着他程序运算的方式，琢磨着他的谋杀动机。一个思维光驱化的仿生人，怎么能在人类面前藏住自己的秘密。是我把菊地害成这个样子的，如果要怪的话，只能怪自己不应该回家哭诉。她想起菊地说，还是你们人类好，想什么别人都猜不出来。

"你们为什么不相信我呢？你们不能单靠一次匿名举报就妄下定论啊，你们可以去给陈桐林验伤，让医院出示报告……"

"他脱不了罪了，姑娘。单从刑事层面来看，他是主犯；从社会意义上来说，他这是严重地僭越《星际仿生人行为规范准则》，会引起极大的社会恐慌，不仅他要被销毁，我们还要摸查所有市里的家用仿生人，以免被改造成仿生武器……"

对方让咪貊多为自己的家庭、她爸爸的事业考虑一下，交代自己的动机。咪貊听不进去了，耳边仿佛盘旋着无数马蜂，她坐在白色的审讯桌后面，茫然地端详警察手边的玻璃杯，玻璃杯里的茶叶全都沉底了，她的家里也有一款类似的，上面用红色隶书写着"定海区公安英雄模范干警菊地"。

这么多年过去，警察们还在用同样的玻璃杯……胳膊的瘀青造成了神经一阵阵的痉挛和弹跳，她趴在了桌子上。

对面的警察的嘴唇还在上下翻动，他对她晓之以理、动之以情，可她的脑袋却是蒙的，怎么办？视线转移到右边，旁边做笔录的仿生警察还在飞速地整理记录，她无意间瞟了眼那个仿生警察，脑子里掠过一片鸟鸣：那个仿生警察跟菊地长得一模一样。

她才明白菊地跟她说过："我们这些第一批公安量产的仿生人都长得一样，是参照几十年前一个年轻优秀的公安干警做的，他很早就牺牲在一线了。为了纪念那位年轻的英雄，我们才被做成了这样。"

"可是他们都是警察，是属于大家的，而你只属于我一个。"她不住地看那个仿生人，胃里充满了翻江倒海的浪，简直要吐了。为什么她以前从来就没注意过这些脸？还是她对菊地的感情让她忽略了他和他们长得一样的这个事实？为什么爸当初就不给菊地换张脸！

"……看来你还是没意识到问题的严重性，你真以为他还能回来？这可是人命案！人命知道吗！你们现在小孩儿脑子里装的都是什么，把机器人看得比人还重要？"那个警察拍了拍桌子，左手一指身后的笔录官，"告诉你，这种机器人要多少有多少。"

等父女俩都做完笔录，已是快10点，通过菊地现存的记录，又给咪貉做了几次测试，他们没有发现咪貉的主观故意报复意图，排除了她的嫌疑。最终警方决定去找费尔曼做调查，毕竟他也出现在了火车站的监控录像里，是本案的目击证人之一。况且真照陆咪貉所说，他无疑是致命的凶手。

咪貉临走前，从包里掏出仿生人专用的电压稳定器，交给王楚天："天叔，求求您帮我把这个带给菊地吧。他年纪大了，最近经常有电流震颤导致机能紊乱，这个能让他稳定一些……"

"他是死刑犯，什么东西都带不进去。"

"您就行行好吧，这就跟哮喘病的糖皮质激素，心脏病的硝酸甘油一样，他没有这个会特别难受的，求求您了……"

陆一洋拉着咪貉往停车场走："别为难你王叔叔了，菊地不是人，他没事儿。他不会有感觉的，当年都把他炸得剩一半儿了，他也没言语……"

"谁说他感觉不到！"咪貉拿袖子擦了擦脸，把电压稳定器往王楚天的怀里一塞，冲他用力鞠了一躬，转身跑开。

"老陆，你不去管你姑娘啊，大晚上的，要下雨了。"王楚天给他递了根儿烟，顺便给他递了火，"趁没潮，来一根儿，散散心。"

"算了，等她冷静下来再说，人情绪激动的时候，说什么也听不进去。"陆一洋看着女儿远去的背影，心里如刀绞一般，仿佛要死的是自己，一股熟悉的末日感从头顶通电至尾椎，空中飘来了放线菌的气息，他扯开了领口，想要好好透口气儿。

他快速抽完一根，又管王楚天要了根烟，两人站在街边抽着烟，陆一洋使劲搓了搓头发，就像年轻时盯梢刚熬完大夜，他想起一句话，三十年河东，三十年河西："唉，对了，那个陈桐林怎么样了？"

"不太好，恢复慢，他体内注入了纳米溶解剂，但是纳米的繁殖速度太快了。回头他们肯定会打官司要赔偿，你做好准备。"

"嗯，我知道……"

"你别想了，这次不同20年前，你救不了菊地第二次了……"

"我知道，我知道。"

"那个陈桐林你见过。"

"我见过？"

"你还记得你和菊地差点被炸死那次，那一家三口吗？"王楚天抽烟抽得很凶，牙齿有些发黄，他眯起眼睛，看着陆一洋，"我们查了一下，他是那老板的胖小子。"

陆一洋嘴里的烟耷拉了下来，他感觉有无数蚂蚁从脑髓里钻出来，从他的眼窝、鼻腔、嘴唇、耳道里往外钻："说真的？怎么就这么巧？我闺女能看上他？他有次差点把猫肠子砸出来……"

"不知道……但你真保不了菊地了。菊地错误地理解和执行了主人的旨意,属于系统错误,是国家定义的残次品,理应被销毁。"

王楚天的官运亨通,正是往上走的时候,这件案子也是他在狠抓,跟陆一洋讨论案情有嫌。陆一洋退出江湖很久,但是这点儿谱心里还是有,两人多说无益。

"下雨了,你回去吧,注意休息。"陆一洋拍了拍王楚天的肩膀,转身向车走去。

咪貉走在路上,雨逐渐下得大起来,隔着栏杆望着公园里的人工湖,里面看不见一只水鸟,鸟儿们都排队回家睡觉了。小时候她不愿意和其他小孩儿一起玩,只喜欢看花鸟鱼虫,菊地就带她去各种公园和水库看风景,只要充好电,他永远有无限的精力和耐心,从来不会对她发脾气。

大概是五岁吧,她和菊地一起去水库玩儿,她骑在菊地的脖子上,看见水里一只红脖子黄眼睛的灰毛鸭子在水里游,背上蹲坐着一只花斑纹黄嘴的小鸭子,它带着自己的孩子游了一圈儿,又钻进了芦苇荡里不见了。

它们看起来甚为乖巧,她喜欢得不得了,抱着菊地的头嚷:"菊地,菊地,那个红脖子的小鸭子太可爱了,那是什么呀?"

菊地的声音温软而柔和:"那是小鹏鹉爸爸带着它们的宝宝出来玩儿,还会给它捉鱼吃。在宝宝还小的时候,它们都把孩子驮在背上游泳的。"

"菊地也把咪貉驮在背上,小咪貉也是小鹏鹉。"咪貉兴奋地抱住了菊地的头,把脸贴到他柔软的黑头发上,蹭来蹭去。

"是呀,我们和它们一样。"菊地重复着她的观点,他喜顺着她。

  冷雨飘进脖子，咪貉蹲下来，看着空无一人的湖面，想回到五岁的那个初夏。

  陆一洋开着车跟在她身后不远，这么多年他找人的能力还是第一。

第七章

费尔曼被警察带走以后,他的主人汤姆·沃森请了律师来帮他处理这个问题。因为费尔曼不是单纯的家用仿生人,他还是科研助理,内部安置了小型核反应堆,警方没有办法像对待菊地那样把他的核心数据挖出来,把他撬开还需要科技部和星浪的双重审核文件,里面涉及学术机密,手续异常烦琐,审核异常之慢,不知是不是汤姆·沃森从中作梗。

最终凭着费尔曼自己的供述,警方仍然认为他的嫌疑极小,在检察院提起的刑事诉讼中,菊地一个人背了所有的锅。

王楚天告诉陆家父女,菊地在月底就会被处以极刑,并且永不回收利用,为了防止有人利用他的核心区域进行复制,对社会构成进一步的危害,他将直接被推进等离子火化炉中焚烧,残留下来的渣滓将被无害化处理。菊地的持有者将被禁止收集他的残渣,这就意味着,菊地连墓地都没有,是挫骨扬灰。

在这一个月里,陆咪貉想尽办法想见菊地一面,对方都以"此仿生人危险指数过高,故意伤害以致他人重伤,属于重刑犯""为了保证人的安全,不允许任何人探视"等理由给拒绝了。基本是全封锁状态，全息视频也不行，信号那边显示他超出了区域范围，根本连接不上。

陆咪貉还去医院找过陈桐林，可陈桐林一家向警方申请了保护令，拒绝探视。她尝试过各种办法联系这个前男友，给他发了一大堆信息和邮件希望他能出庭作证，均是石沉大海。她也知道，无论多少努力都是徒劳，她救不了菊地了。

汤姆·沃森在此期间没有露过面，甚至也没有上门找她交涉，这让她有些意外。费尔曼似乎丝毫没有受到这件事的影响，见到她跟着他，便会加快步伐离开。如果咪貉有袭击他的意图，费尔曼就警告她是在破坏他人财产，小心收到法院的传票。

世界上还是有无论如何努力也无法跨越的鸿沟，她现在只有恨自己的份儿了，恨自己没有早听菊地的劝告，害他落到今天的下场。她不知道该找谁，仿佛有一双眼睛在暗处窥伺她，在某个不确定的时机，精准地给她施加打击，她所有求助的路径都被封死。菊地行刑的那天终于到来了，父亲说有事出门，让咪貉务必冷静，还问她要不要打电话让宇舶过来陪她，让她转移一下注意力，咪貉都拒绝了。

咪貉胸口的伤痕已经结痂，一阵阵发痒，胸口像被装进了火热的滚石，烧得她在床上滚来滚去，她觉得有什么东西要从胸口破膛而出，她把纱布撕下来，捆在自己的额头上，在屋子里长跑，把所有菊地常用的东西都摸了一遍。菊地是即将被开膛破肚，挂在岩壁上示众，任雄鹰啄食内脏的普罗米修斯，他或许是第一个有意识以行动反对人类暴力的普通仿生人，势必为人类所不容。

她站起来，去把陆一洋给她做的纳米鸟全部拿出来，在家里把雁形目的大天鹅、小天鹅、鸿雁、斑头雁和雪雁，鹤形目的白鹤、丹顶鹤、赤颈鹤和黑颈鹤，鸽形目的雪鸽、原鸽、欧鸽放飞到窗户外，它们自带GPS定位，也许能找到回家的方向，她背对着窗子，滑坐在地上。

他不仅是一个仿生人，更是她长达19年的数据库，是她相依为命的亲人。人类想要毁掉一个仿生人太过容易，菊地对这个庞大的仿生人产业链来说，是一个不稳定的残次品，随时可以被推进焚化炉。这个世界上就有无论怎么努力也挽回不了的东西。

到了傍晚，陆一洋回来了，他走进咪貉的房间，把一个包裹放到她桌子上："不知是谁寄给你的，还让我跑大老远去拿再交给你，太费劲了。"

闺女窝在被子里，蒙着头，似乎睡着了。此时，不断地有鹤从大开的窗口飞进来，冲到陆一洋的身上。陆一洋一手抱起一只黑颈鹤，一手端起盒子，把窗外闯进的鸟全部收进了盒中。他在窗边用音波催鸟归巢，待盒子满员，赶紧关上了窗户，起风了。

陆一洋看了看厨房机器人的菜谱，菊地给设置到了这个月的月底，正好是他离开这个世界的一天，厨房机器人在做的最后一顿晚餐，是菊地给咪貉安排的最后一顿晚餐了。

他给她带了一包零食，他也不知道她现在爱吃什么，全按照她小时候爱吃的东西买的。他记得女儿小时候喜欢听波子弹珠的声音，他打开汽水："闺女，你喝汽水吗？爸爸给你买了波子汽水……"

"过段时间爸爸再给你定制一个最新型号、功能最全的。"

"不要，什么都不要。"

"那你一个人，爸爸不放心。要不你搬过来，和我们一起住。"

"不了,我自己住。"

"那……你接下来怎么打算,什么时候再回去上课?"

"过了他的'头七'我就去。"

给一个仿生人过'头七'……早先他身边只有菊地的时候,他当然对菊地充满了感情,但是自打他开了公司,每天身边数不尽的仿生产品,让他逐渐从新鲜变得麻木。在他的工厂里,仿生人回收都是成批处理,况且看见女儿对菊地的眷恋,让他觉得自己更加不称职,菊地的存在,就是自己这么多年缺席的最有力的证据。

塞翁失马,焉知非福,如果能促进闺女迈向人类社会,菊地没了未必不是件好事儿。陆一洋冒出了这个念头,又觉得沮丧。

现在的小孩越来越自闭了,很多人都圈在家里和仿生人交流,出门无论是吃饭还是看电影,都是和仿生人在一起,现在社会上年轻人普遍的观点是:"星浪拯救一切!仿生人是人类最伟大的发明之一。我和仿生人在一起,再也不用顾忌自己的任何情绪,他们永远不会对我说难听的话,永远都那么温柔和驯服。"

"人类之间的社交实在是太累了,不仅熬夜喝酒,还必须得吃油烟超标的烧烤,有的人借醉骚扰别人,而我碰见傻×还不能发火,只能处处赔着笑脸,在KTV里唱歌大家永远只看着自己的歌单和平台,根本没有人认真听你唱歌,但是仿生人可以专注地陪我唱几天几夜还给我鼓掌。"

他难以想象,如果有天仿生人出了问题,不再受法则约束,那不全完了。

陆一洋安抚好了咪貉,又开车回到妻儿这边,他一向不用仿生司机和自动驾驶，怕有黑客黑进来，导致系统失灵。自从生意扩大以后，他也知道自己得罪了某些人，碰了一部分人的蛋糕，总有人隔几年就来一下，给他的公司文件卡流程，工厂拖单子，断水断电，耽误生产进度，公司的副总老万为此没少唉声叹气。

菊地为了他们父女俩，也算是鞠躬尽瘁，死而后已了，"头七"就"头七"吧。

第二天，陆一洋来到公司，只见写字楼前围了一群人，扛着长枪短炮想要往里冲，他觉得很新鲜，以为有什么人在拍戏。他进了公司的楼层，看到仿生人都呆呆地站在走廊里，平日对谁都异常热情的仿生前台Chloé也沉默了。他笑着打趣："怎么了，昨晚公司断电了，怎么一个个没精打采的？"

Chloé指了指公司大厅的屏幕，屏幕正播出一则滚动新闻："仿生人菊某，编号'京A108××××'，因为蓄意伤害、威胁、恐吓陈姓男子，造成被害人事后突发脑溢血，正在医院接受治疗，这是北海市，乃至全国仿生人史上第一例有规模有组织的仿生人故意伤害人类的行为。北海警方决定，联合各城区开展针对仿生人的系统排查工作，所有仿生人即日起都要定期去各个城区、街道、办事处和居委会临时开设的仿生人检查处，进行清盘检查……"

陆一洋脑袋轰的一声，赶紧给王楚天打电话："你们不是说这次上头要求保密的吗？怎么全给曝出来了？"

"真不是我们曝的，不知谁弄的，突然就在网上传开了，引起了很大的恐慌，倒逼着上面把事儿放在明面上处理……"

"谁弄的？出内鬼了？"

"先不说了，这边儿全都乱了。"

他收到了一条陌生号码的新信息:"爸,有人暴露了咱家地址,网上都是骂我和骚扰我的,我已经把通信设备全关了,借朋友的号给你发的。我去高原散散心,爸,你们都要多加小心。"

他的眼前不断地有新内容弹出来,舆论气泡在他眼前成叠加式爆炸,一吨曼妥思投进了冰冷的碳酸湖里……

"谈恋爱分手了,还想要人命?请问我在看上个世纪的黑帮电影吗?"(30万赞)

"现在的小孩真是足够弱智,那个陆咪什么真是含着金勺子的巨婴,难道这个世界都是你家开的吗?现在有钱人真是敢为所欲为,强烈要求诉讼至法庭,彻查!"(56.5万赞)

"早就说了要警惕仿生人,现在你看看,活生生的例子,那男孩一辈子都毁了……"(27.9万赞)

"我不信仿生人能干出这种事,我家仿生人连个苍蝇都不敢拍,那个菊地根本就是替罪羊吧!下手的是那个女的!"(36.2万赞)

"陆一洋身为警察,竟然允许自家的仿生人杀人,他到底想干什么?疯了吗?"(11.7万赞)

"也许这次就是一次试水,没准背后隐藏着更大的阴谋也说不定,陆一洋是不是想要私建一支仿生人军队?国家快来人管管啊……"(73.2万赞)

"杀人案啊!强烈要求陆咪貉入刑!呼吁彻查,不能就这么放过她!"(43.9万赞)

"这件事不查彻底,以后有多少人会唆使仿生人去报复别人?不敢想……必须抓!"(63.4万赞)

"这么想想真的很可怕,幸好我一直用星浪的产品,从来不用迷羊的二手货……希望有关部门出面,好好调查调查这件事,我觉得这件事绝对不像表面失恋这么简单……"
(34.2万赞)

他们把陆家的全部信息、背景和留在社交网络上的信息统统扒出来,一窝蜂地拥上去谩骂,他不得不请相关安保公司关掉了他们所有的对外账号,网友们搜不到,更觉得此事有蹊跷,又兴起了一波对陆一洋背景的揣摩和猜测。

"什么他妈几代,我就是一介草民。"

陆一洋无奈至极,骂骂咧咧地关掉了显示窗。他做过警察,又开了迷羊二手仿生公司,迷羊又因为做环保回收,得罪了不少实业巨头。这些背景都让人们展开了一轮又一轮的狂欢,成为大街小巷热议的话题。民智一如既往,不追事实,只愿意选择他们想看到的那一面,没有一个人真的关心事实的真相,好不容易抓住了这份人类内心深处的恐惧,自然要大书特书。越来越多仿生人走在街上被泼水,受到殴打,被人吐唾沫、砸砖头。

接到官司以后,陆一洋的公司受此影响,工厂不得不停工了一段时间,每天都会有无业青年带着铁棍在工厂门口打砸抢,大肆破坏他们的仿生产品,殴打他们的仿生员工,他们不得不叫来警察维护秩序。副总老万为了这件事,四处求情,几乎跑断了腿。

工厂停工了一段时间,订单产量跟不上,他又收到了跟风而至的大量投诉和差评,不仅如此,一向和他合作的供应商也发现这事儿有蹊跷,怕惹麻烦纷纷撕毁合约,消失得无影无踪,赔偿金也不给他,他已经生产出来的产品,又砸在了手里。

事情很快发展到不可控制,有人三天两头地来查陆一洋的迷羊仿生公司,去郊区视察他的仿生人回收站和生产线,到公司来检查合法经营许可,审查他们财务的账目,把每个公司的仿生人都带走单独审问一遍,看看他们身上的纳米印记是否都完好无损。

他们并没有查出个所以然来,然而关于菊地的风波已然波及陆一洋的公司,一些人类员工顶不住压力,在这个节骨眼上跳到了竞争对手的公司,江湖上谣言四起,有人还归纳总结出了一出复仇大戏。

有人一板一眼地说,20年前,陆一洋在定海区执行公务的时候,被人密谋暗算,身边的仿生人自行爆炸,导致陆一洋毁了容,还失去了工作,妻子目前下落不明。他从一个优秀的刑警变成到仿生人垃圾站捡破烂的,为此他怀恨在心很多年,一心只想着怎么向那人和他背后的势力复仇。更惨的是,他的女儿从小就有严重的自闭症,无法和正常人接触,只喜欢家用的仿生人,一直和她的家用仿生人谈恋爱。这时,陆一洋的事业做大了,不能再和以前一样随意出手,只能利用女儿的这一点,让女儿来帮他操控仿生人去害人,陈桐林就是他们的第一个实验品……

陆一洋正闭着眼睛躺在办公室的椅子上休息,阳光从头的上方晒过来,晒得他头顶发烫,眼前猩红一片,耳边也响起了一片白噪声,噪声越来越大,门被砰地撞开。他一惊,直直地坐起来,眼前还是一片热烫的星花儿,王楚天一脸忧郁地站在他办公桌前,他的两边是和菊地长相相似的仿生人,只是不笑。

楚天举起手里的逮捕令,眼光刺得他皱起眉头,眼神微闪着狡黠："一洋，对不住了。"

　　这一切发生的时候咪貉在高原，这次她跟了一个静修的登山团队，依旧往山南去，他们的联络设备是关闭的。到了那个汉语意为"少女湖"的湖边，她跟着大家下车，普姆雍措还是那么蓝，她凝望着对面雪山上的积雪，默默坐在了上次的玛尼堆旁。
　　她穿了当年菊地来这里时穿的衣服，藏蓝色连体工装，同款的藏蓝色工装帽子，在胸前的口袋处画着一只小白羊，外罩了一件天蓝与鹅黄撞色的系带风衣，她到菊地的胸口处那么高，他的风衣对她来说，肩松垮一些，下摆垂到小腿，刚好遮风。
　　她从兜里掏出一个黑盒子，盒子里是一只仿生手环，这是她之前送给菊地的生日礼物，她记得她已经很多日没有看菊地戴了，她以为他干活不方便所以摘了。
　　那天父亲走后，她爬起来，把包裹拆开，里面有一张月内的电子机票、一张山南的登山团卡，还有一个包裹严密的黑盒子。机票的目的地设在了高原，最早一班在清晨6点40分，她翻到背面，上面写着：咪貉，去高原，快跑。
　　是菊地的字！她的心狂跳起来，迅速打开盒子，里面是菊地的手环。她什么都明白了，菊地早就算到会有今天。她立刻跑到壁橱前，拖出旅行箱，打开后才发现旅行箱里都准备好了。她站起来，从菊地的衣柜里，翻出菊地当年穿的衣服，往里一塞。
　　手环的内里被菊地的手腕磨得有些光滑，细细闻还有消毒液的薄荷味。手环是光敏材料做的，遇光可渐变为半透明，呈现出斑驳陆离的花纹来，他们之前就对着光看过许久。想到这里，她不由得拿起手环对着阳光看，随着手环吃透阳光，花纹逐渐显影，她突然发现在靠近菊地编码的地方，有一枚长几厘米的不透明长条，直觉告诉她，这是菊地留给她的东西。

"上车了，上车了。"导游唤他们。

她把手环揣进兜里，和大家一起上了大巴，如何能形容此时的心情，就像被捕鸟网缚住的飞鸟，历经了饥渴和劳累，拼死挣扎时，忽地遇见了前来剪网的人。

她还是照着原路线和大家一起去爬山，在漫长枯燥的爬山路上，不再有菊地帮她背登山包，甚至可以在她高原反应缺氧时坚决地拉着她的手，快速地从高海拔地区下降到4000多米的营地。

当时，他们与向导失联，山下的营地需要翻过两座山，在那片碧蓝的海子背后，营地看上去如此遥远，即使她意识模糊，灵魂出窍，她也认定如果能跟着他走，就一定能回到安全的地方。她只能跟着那些陌生的中青年"驴友"，一起拄着登山杖，慢慢地向上爬。

曾经种种不断地在眼前闪回，她猛然意识到，如果没有亲密的人相傍，爬山竟是如此枯燥无味。不同于植被繁茂的平原地区，高原的山上寸草不生，大片大片的尖利的秃石，和随处可见的牦牛粪，在他们身边叮叮当当行走的是扛着行李的牦牛们，牦牛温顺的长睫毛垂下来，每只牦牛都像穿了长长的牛毛裙，流苏随着行走在腿边游来荡去。

牦牛扛着沉重的行李，依旧有兴致追逐打架，一个追着一个地往山顶跑，四蹄疾攀峭壁，速度远快过人类，它们往往比他们更早到达营地，提前为大家卸掉背包，走到一边歇息。有时它们会回过头来俯瞰人类，大眼睛里透出轻轻的笑，想必它们看人，正如仿生人看人，虽然体重和速度都远超人类，却因驯化而俯首帖耳。

那个手环在她的手心里发烫,它似乎开口了,不要着急,失去的总有办法再夺回来。

她爬了几天几夜的山,夜里听着隔壁帐篷的中年妇女谈论漫天的繁星,午夜很晚才能睡着,睡着时,人在睡袋里一直往山坡下滑。白天又因为高原的低气压早早醒来,头疼欲裂。醒来看见太阳的光照耀在远处的雪山顶,浅金色的雪影缓缓地垂在她身上,白日如梦幻在眼睛里荡漾。在枯燥的旅程中,她可以充分把灵魂掏出来捶扁、淘洗,在紫外线下曝晒,消杀干净,把过去的事情斩草除根。

一回到城市,她迫不及待地找到一家五金店用激光切断手环,从断裂处,掉出了一条几厘米长的软芯片,师傅再次把手环焊好。她把芯片藏在贴身的口袋里,慢慢喝甜茶,坐在桌子前,耳边都是蕃人的热闹谈话,置身其中,不解其意,让她感觉十分安全。喝完一暖壶的甜茶,头脑充盈,把硬币摆在托盘里,冲着一个脸上有高原红的小朋友笑了笑,走了出去。

向南左拐,她去了一家电子专卖店,买了台老款平板和最新传感器,又买了修理工具,用小螺丝刀拆开平板的外壳,按照菊地曾经教过她的那样,把主板的联网模块拆掉,把芯片插进去。

老旧的平板屏幕上,出现了一个小小的虎头程序,她心里咯噔一下,想起那个诡异的梦境,身上一阵寒意袭来。她有些颤抖地把虎头点开,画面一片白光,她眨了眨眼睛,屏幕上出现了一条波状条纹,声卡里传来了清嗓子的声音,是菊地。

那条波浪开始上下起伏:"咪貉,是你吗?"

"是我!是我!菊地,你还活着吗?"

"我也不知道，我想我已经死了。早在医院时，我就用你的账户下单了可以转录的原芯片，费尔曼对陈桐林下狠手后，我转录了所有数据。我被警察带走的时候，我指定了包裹到达的时间和途径，为了防止出事，我特意让你爸去拿的，没有选择派件上门。高原上网速慢，有兆赫限制，在这里打开比较保险。"

原芯片是用一种元素合成的新材料，由一位"原"姓的材料物理学家发现的。最早它只是用来保存人不能随时保存的电子文档，具有"断电非易失"的功能，后来延展到即时保存人类记忆和仿生人数据的功能，即使断电重启，原数据依然完好地保存在这里，它可以把临时记忆保存十几年，之后才会渐渐消失。

"咪貉，不知道你爸有没有跟你说过，我感觉我们已经被盯上了。"

"他没跟我说什么，不过我买了最新的电子传感器，你可以一会儿进来。"

"有件事我现在要告诉你，那天我送你去医院，碰到一个女人，不知道你还有没有印象？"

菊地在电脑放出了那个女人的照片，是一个看上去20多岁、齐头帘、披肩粉头发、身穿蓝白波普点裙子的仿生女人，背景是医院的白墙，她手里正拿着菊地的喷雾，冲镜头嫣然一笑。

"我托前同事查了一下，她叫柳鹤，她对我说她主人是她害的，可调查发现她的主人根本就没有出车祸。普通仿生人不会撒谎，也就是说，这个仿生女人可能是特意过来跟踪我们的……"

"我还以为是费尔曼……"

"我被抓走时，费尔曼给我快传，说他用黑翅鸢的事情被汤姆·沃森查到了，沃森大怒，骂他不该蹚此浑水。沃森远程操控给陈桐林消了黑翅鸢，这也是警察为什么没有证据，决定不逮捕费尔曼的原因。也就是说，可能陈桐林脑溢血不是我们干的……"

"不对，那段录音只在你们俩的系统里。不是费尔曼，又会是谁呢？"

"我不知道，也许是费尔曼给的，也许是被那个女人拦截了。"

菊地推测费尔曼和汤姆·沃森已经回了美国，短暂地避开国内的审查，只要用这个秘密的联络码，就能联系到费尔曼。她想，幸好仿生人几乎是永生的，只要保留一段数据，哪怕是一段，都是绝望人群可口的良药。

门外响起了敲门声，她猛地合上电脑，把手环和芯片塞回了口袋。她蹑手蹑脚地走到门边，透过"猫眼"一看，门外不是别人，正是那个齐头帘、留粉色披肩发的柳鹤。她轻轻地回到桌前，把桌子上的电脑都塞进背包，胳膊在抖，腿有些酸。她跑到窗边，打开旅馆的窗户，还好是二楼，她扒着排水管道慢慢爬下去，后街没有多少人经过。她给父亲发了求救信息，绕过两条巷子，向最近的派出所跑去。

part 2
实验

亲爱的后代，今天是苏联建国100周年的特别的日子。热烈祝贺这伟大而光荣的纪念日。

我们的时代是很有趣的，想必你们的时代也很有趣吧。我们现在还在建设共产主义，你们应该生活在共产主义中了吧。

我们相信，你们已经漂亮地开发了我们的美丽的蓝色的行星，开拓月球，在火星着陆，不断地向宇宙前进。太空船是不是已经冲出了银河系了呢？是不是已经和其他文明的代表们进行了对科学和文化的交涉了呢？

——2017年于新西伯利亚市挖出1967年的时光胶囊《开拓月球和火星》

第八章

万家侑的偏头疼又犯了,蓝熊也歪到了一边,他的头发垂下来,蓝熊从屏幕滑到了地上,在荒漠里漫无目的地向前奔。他看着蓝熊不断弹跳,流沙不断地向四处伸出触手,蔓延到思维的各个方向。

10岁时,一场飞来横祸导致他额叶损伤,有丧失长期记忆的风险。医生在清除完受损组织后,建议家长在孩子的脑内植入一枚原式芯片,可以内衔海马区,外接高频网络,自动进行存储数据,辅助大脑进行日常生活、学习和工作,不至于以后让孩子废了。

一般来说,科学伦理学会不建议人类在如此核心的部位植入原式芯片,实验参数不完整,可能会造成神经系统的长期负担,更有被黑客攻击的风险。但这个建议是医生在术中间隙提出的紧急解决方案,主要是避免给孩子二次开颅带来更多的痛苦。来不及多想,万家侑的父亲立即同意了,主刀大夫便在万家侑的额叶里给他推入一个纳米连接,连至海马区附近的原式芯片里。

从前的万家侑喜欢去少年宫里练武术,每天下午3点,和众多小朋友一起，在师傅的带领下绕城墙慢跑三圈儿，跑到宫殿门口的小超市旁，一人买一瓶橘子汽水，咕咚咕咚喝下去。平时练武气息很稳，可以摁着青砖连翻几个"鹞子"，满枝青芽的树就在视野里不停颠倒着方向，直起身来，耳边是自己的心跳和拂面的春风，眼前是伙伴们的笑脸。每次结束，母亲来接他，两人都会亲密地依偎着去商场里买最新的玩具，那时整个客厅的墙柜里都是他各式各样的玩具：飞艇、船舰、大炮、汽车、英雄、骑士和怪兽。只要买了一个系列的某个玩具，他都会想尽办法把剩下的玩具都集齐，母亲从来都不限制他，只要儿子想要的，全部满足他。他那时觉得，地球就是以自己为中心转的，直到他受了重伤。

　　大病初愈后，万家侑的性格变得有些古怪，过去的事情慢慢想起来一部分，但看人的神情总是淡漠的，有时视线甚至游离在外。有时父母和他说话，他淡淡答一两句，大多时候干脆装听不见。医生对他父亲说，可能是脑损伤造成了性格转向，只能接受。

　　万家侑不再去少年宫练武术，不再喜欢集体活动，对于收集玩具不再有兴趣，墙柜里的玩具都被装进玩具盒里，堆进了地下室。里面放进了各式各样的书，万家侑发现他的记忆力变好了，可以通过意识遥控，云储存更多的知识，还能有容积来玩模拟游戏，操控游戏进度。

　　18岁时，他偷偷去医院做了眼球外接投影手术，黑色的瞳孔被外层浅棕色的薄晶体覆盖，好似一层伪装。这样一来，无人时，他就可以随时随地投影看书，玩游戏，眼神变得更加空泛。平时为了避免吓着旁人，省去不必要的解释，他轻易不用人眼投影。

此时正在进行的蓝熊游戏被神经疼痛打断,他精心设计的游戏关卡进入了暴走状态,这些偏头痛让他变得更加情绪无常。随着岁月的生长,芯片已经和组织粘连在了一起,他的耐药性也在增强,有时吃止痛药也不能缓解。他讨厌偏头痛,讨厌失去对身体的掌控。在他的版图角色中,只有核桃壳里的一只蓝熊。他之所以很少和人接近,还有一个更重要的原因,那就是怕不必要的纷争会引起别人对他大脑的攻击和操控。为此,他也在自制编程的蓝熊游戏中,不断在蓝熊前进的道路上修着虚拟城墙。

头痛缓解了一些,他缓缓打开星浪下发的最新一批仿生人的图纸,手指从它们核心区域的组装图划过去,他的鼻子从侧面看如翘起的檐角,鼻梁的弧度微弯,鼻尖微微上翘,睫毛垂下来的时候,整个人俯在图纸上方看参数,像被地震晃动的一座灰砖白墙的庙宇,目光稳定地垂到地图上。他把这张图扫描进了脑海里打包,在仿生人的核心区域旁,有一个最新的万户测试压缩包,他点进去,五道常识题弹了出来。

第一题:中国的明朝时期,万户飞天这个故事是否是真的?

A. 假的　　　B. 真的　　　C. 我不知道

第二题:月球上的万户山,是哪个国家给它命的名?

A. 美国　　　B. 中国　　　C. 苏联

第三题:如果一个仿生人行走在月球上,看见月球的荒漠中有一朵盛开的小花,他应该怎么做?

A. 摘下来,带回去进行研究

B. 绕过去,不破坏月球的生态

C. 毁掉它，很可能是入侵物种

第四题：如果一个仿生人和他的主人共同在月球表面执行紧急任务，这个任务背负着2300万人类的生命，但此时突然发生了意外，仿生人身边的主人面临严重的生命危险，此时的仿生人应该怎么做？

A. 抛下人类，继续执行任务

B. 放弃任务，带着人类返回基地

C. 希望渺茫，同时抛弃任务和人类

第五题：接第四题，在月球上，你最后一个人类同伴死了，如果不执行这个任务，2300万人的生命会受到威胁，但你不会受到任何影响；如果继续执行这个任务，你将会彻底毁灭。请问你是否继续执行这个任务？

A. 继续执行　　B. 拒绝执行　　C. 离开月球

"靠，什么破题。"他心里骂了一声。

这些看似是常识题，逻辑后却藏着关于存在的本质，星浪要在这些新的仿生人身上达到什么目的呢？最近几个月的训练越来越类人化了，万家侑本质上很厌恶把仿生人做得越来越像人类，情感模拟和极端选择都在刺激程序的不断深化和自省，这不是件好事。他猛然想起了父亲，一阵恶寒从脊椎骨往上蹿——就是仿生人害了我们家，那件事过后，我把家里所有的仿生人都扔了——他猛然从图纸上抬起头，强迫自己闭上了眼睛。

前些年，父亲占股的公司出了事，母亲的病又加重了，她时常觉得自己是个仿生人，似乎只要自己是个仿生人，那些令人沉闷、厌烦的往事就能全部消除干净，她不明白为什么还没有人来给自己清理硬盘,把自己拉到回收站。她本来是很健康、很快乐的,可是她现在经常缠着他,要儿子帮自己清理硬盘,如果他不说话,她就哭着打仿生人回收站的电话。为此,父亲和他把她的对外通信设备都藏了起来,家里的网络也断了,父亲不再出去工作,而是成天在家看着母亲。

为了给母亲治病,万家侑博士毕业以后,不得不从那个颇有前途的学术实验室里出来,通过老同学姜雪青的介绍,来到星浪做前端工程师。实际上他就是给星浪的仿生人模型做测试,每天的工作枯燥而无味,进入仿生研究院的地下实验室,在只有新风的房间里,给那些半成品通上电,再反复地问他们关于上层分发的各种实验问题。

万家侑需要在训练中,监测着这些半成品的思维底层,以防他们撒谎或是有所隐瞒,有任何一丝不正常的波动,他都要及时记录,做数据分析和上传汇报。收到汇报的人坐在这栋楼的最高层,万家侑写完几十页英语报告后,通过传输器直线上传,沃森的仿生助理费尔曼做把关、提炼和总结,他有时经常因为小数点的问题,对万家侑的工作横加指责,层层报告返下来,总是有红圈儿。

万家侑把报告推到一边,低下头,眼里放出蓝光,审视着蓝熊的世界。他让蓝熊坐在城墙上,用第一视角望着城外的海水,巨大的潮汐力让几百米的黑色巨浪骇人地高悬在远方,巨浪的周围是静止的海平面,听不到一丝声音。不知怎么的,最近两年,那面滔天的巨浪似乎离他又近了一些。而在他城墙的内部,依然是一片荒漠,没有一滴雨水。蓝熊冲着大海骂,你他妈就是狗仗人势,你有本事过来啊,声音变成不断闪现的石块,投入静止的海面，涟漪全无。他闭上眼睛，他不敢再看，他怕它发出狞笑，真的从远方移动过来，那就全完了。

要真让仿生人管理这个世界，就凭他们认死理儿的这股劲儿，人类真的是要崩溃的。可是星浪研究院里全都是这种货色，甚至人也渐渐变得和仿生人一样沉闷呆滞，严肃冰冷。他有时在念完99道测试题后，会断掉半成品的电源总闸，一个人对着那堆半截骨头架子，默默发呆。

何至于此？他反复腹诽，我怎么就到了今天这个地步？蓝熊坐在城墙上，怒视着远方，他不停地往海里砸着石块，万家侑注视着大理石地面纹丝不动，蓝熊却已经在墙头高声叫骂。四周的镜面扣压在他背上，将这些半成品的身影叠加，无数个半截身子的仿生人向他吞来，有些人的眼睛是半闭的，他有时怀疑他们是故意的，这是不甘心。可是他检查过他们的思维底层，没有仿生人是故意的。

他背对着实验室的外墙，这面外墙更是可憎，在里面他只能看见自己和那些半截的仿生人，从外面看则可以清楚地看见实验室中的一举一动，从仿生人身上的监听器，到他身后的那面单向镜，一切都很透明，就差自己是玻璃做的了。星浪的高层这么防着我，和这些半成品一样恶心。他总觉得有什么东西在背后盯着他，那是10岁之前的自己，欢乐，愉快，无忧无虑，在灰色的地砖上快速地翻着跟头，压腿的时候，舒适的酸痛感从肌肉和韧带往上升起，他只想翻好眼前的跟头，一会儿就能见到妈妈了。被他抛弃的男孩才是他的本体，而不是现在脑子里有芯片的这个怪物。

身后的门开了，他把头侧过去，是雪青。她开门时手镯会轻磕在门的边沿，发出轻微的"叮"，她径直走到他身边，白大褂的一角飘到他的裤子上，新鲜的佛手柑香气，他希望她能抱住他，告诉他，她把那个男孩给带来了。

他闭上了眼睛，蓝光消散了。

第九章

距离那件事已经过去了五年，咪貉躺在榻榻米上，望着天花板上垂下来的那只仿生残臂，她每夜都望着这只右臂入睡，心里汹涌着复仇的欲望，绵密的翻滚的复仇欲望。这是妈妈的胳膊，她的心又被扎了一下，她心里实在难受的时候，就摘下来抱着它睡觉。

这只右臂属于父亲公司那个漂亮的前台Chloé Tang。Chloé皮肤白皙，手指关节的曲度非常好看，那天之前，她应该给自己涂了新的指甲油，是色泽光亮的豆沙粉。这只残臂就吊在她的上方，像被钉在各个教堂十字架上的耶稣，静止地垂在空中，好像它生来就在那儿似的。

Chloé和咪貉失踪的母亲长得很像，甚至姓氏也用了母亲的"唐"，咪貉小时候每次去父亲公司，总拉着Chloé陪她玩儿，但父亲不允许Chloé到家里来，一次都没有过，无论她怎么央求都不行。菊地告诉她，这是陆一洋怕她太过依赖菊地和Chloé，彻底把仿生人当成了自己的父母，而忘记了有血有肉的陆一洋。人不能和仿生人太过亲密，这始终是陆一洋的教条，哪怕他飞车救过菊地。

咪貉记得她逃到派出所后,想要联系父亲却怎么也联系不上。

面对着一脸正气的蕃族警察,她紧张得语无伦次,只说有人在追杀她,希望警察可以保护她。那位叫扎西曲措的女警给她拿来纸巾,并给她倒了一杯蕃菊茶。问清了情况,扎西曲措皱着眉头,觉得这件事已经超出了一个基层民警的掌控,她唯一能保证的是在这片辖区内,不让小女孩被人抓走。

扎西曲措默念了多遍绿度母的心咒:"那人肯定也会猜到你来找警察,你在这办公室并不安全,你现在跟我躲到防爆警犬的屋里,现在我就带你去,快!"曲措给她拿了毯子、一壶茶和饼干,让她藏在犬舍里不要乱跑,等她的消息再行动。

果然,那个叫柳鹤的仿生女人很快找来,向曲措他们报案说家里的小主人离家出走找不到了,并报上了陆咪貉的ID和照片,让他们一有消息就及时联络她。

柳鹤无功而返,咪貉住在警犬舍旁的仿生人宿舍里,仿生人辅警去旅馆取了咪貉的东西送来,简单地生活了半个月。每天目不转睛地看着警犬们呼哧呼哧地训练,最终和那些大黄大黑们有了不浅的交情,那里面还有一只基因改造过的蕃獒嘎嘎,比原生纯种蕃獒更加聪明、驯服,适合出任务的时候带。

嘎嘎总在一有风吹草动时拽着她的裤脚把她拉到窝棚里,半人高的金色大獒挡在警犬舍的门口,皮褶下的小眼睛机警地注视着每一个来访者,有时还会用阴沉的低吼吓退陌生的来人。可怜嘎嘎今年才两岁,它的父亲是来自远山的勇士蕃獒。

听着嘎嘎的低吼,咪貉感到自己的心又一次变得平静,她蜷缩在窝棚里，抱着甜茶的暖壶，短发因长圆的枕靠而散落在毯子上。看见嘎嘎那壮如金山的背影，严肃而敦厚地坐在门口，狗毛飘在光里，像是纷飞的金线；黑背多吉就穿着警犬背心卧在她的脚边，空气中氤氲着属于狗独特的臊味和腥味。在大城市里被无机的仿生人和仿生鸟包围了那么久，到这里来抚摸温热的毛皮，嗅嗅腥膻的气味又感觉到了另一个世界。之前她看到山间滑翔的秃鹫，想着如果带上那套纳米鸟匣过来就好了，可以让家里的鸟尽情地在山野间竞技，做一些航拍。

  曲措告诉她，迷羊仿生公司的负责人已被控制。她用警局的电话联系了父亲，依旧无人接听。爸爸消失了。仿佛是踩在过雪山的死亡天梯，身体直立着，攀岩的钉鞋小心翼翼地踩在结着冰花的铝制梯子上，不小心一个不稳，从空中笔直地堕入无底的冰川，尖叫被风速拍碎在空中。她又慌忙联系了继母Roxy和弟弟，依旧是无人接听。转念一想，也许是爸爸把他们俩安置在了一个隐蔽的地方，特意交代不要暴露坐标，他们两个人应该不会有大事。

  直到曲措查到柳鹤已经坐上了北归的列车，咪貉才开始了新的行动。好在她的证件齐全，还有一部分资金，她决定投奔远在西班牙的姑姑家，打算等到了欧洲再向学校说明情况。

  临走之前，她和几只警犬一一告别，又紧紧拥抱了穿着警服的曲措。曲措一口白牙，笑起来没心没肺，眼角的细纹里都是游荡的阳光，微棕的脸上的雀斑在愉快地唱歌，咪貉竟短短体会到一种母亲的亲近感。妈妈早就被列为失踪人口了，她只知道她姓唐。

  曲措拍拍她的胳膊："我会去觉康替你祈福的，在佛前点两盏酥油灯,尼玛和达娃都在你的两肩,佛祖会照亮你面前的黑暗,去吧,孩子,不要怕。"

"曲措,你以后有什么事可以尽管找我。"

"傻孩子,先保护好自己,扎西德勒,佛祖保佑。"

曲措开车把咪貉送到机场,临起飞前,咪貉订了不少东西快递到警局,并约定以后再见。咪貉到内地转机,直飞西班牙。所提携的仍是当时逃出来时的背包,加上新买的电子产品、菊地的芯片和曲措送的一只白色哈达结。

到巴塞罗那时,正是上午10点20分,姑姑陆一影来机场接她,她上了车才知道,事情比她从网上看到的只言片语更严重。姑姑笑着说,要不是你来,我都不会说北海话了,她的儿化音有些硬。有人趁机做空了迷羊仿生公司,直接导致父亲后期的订单全部打了水漂,合同失效作废,还欠下了巨额违约金,他的公司也被银行按照程序拍卖,陆一洋被带走羁押,公司里的仿生人也一并被带走。

而继母Roxy和弟弟陆宇舶,为了避风头,搬到了苏州乡下的小院里。Roxy喜欢吃喝玩乐和游山玩水,对父亲的生意从不过问;而弟弟只钟情于航模,在爸爸走了以后,陆宇舶经常望着和父亲一起做的航母模型发呆。

继母Roxy为了爸爸的案子,律师请了好几个,有的见翻案无望干脆拒绝,有的拿了钱虚与委蛇,导致官司败诉。Roxy只能看着丈夫被判了20年的有期徒刑,出于财产完整和生活的考虑,Roxy没有和陆一洋离婚,陆一洋也很少过问Roxy的私生活。

陆一影推测,是星浪早就看中了陆一洋这摊生意和背后的利润,商业战打了几次,每次陆一洋都联合众多中小回收企业一起结盟抵抗，对方的寡头梦一次一次破灭。星浪想用低价收购未果，策动工人破坏了几次生产线，又在上层找人卡迷羊的安全审批，经常给他文件下绊子。陆一洋是刑侦出身，深谙反侦查和心理侧写，早就加以防备，他们一直没能得逞，找不到什么漏洞。

那么，为了彻底搞垮陆一洋，只有说他私改仿生人条款，包藏祸心这一条路了。职务侵占和挪用资金什么都能翻过，但要在公共安全上做手脚，那他可就完了。星浪恐怕早就派人跟踪陆一洋和他的家人了，正好借用菊地为咪貉出头的这个机会，向上面举报了陆一洋家仿生人伤人事件，并借助舆论提到了陆一洋制造仿生武器，进而威胁社会公共治安的层面，目的很明确，就是要他永不能翻身。

咪貉坐在副驾驶上心绪不宁，她手上或许还有他们想要的东西，不然他们不会一直追她。陆一影开车带她经过繁华的巴塞罗那，去往市郊的一栋空中公寓，在那里生活更安静。市区的年轻人每天都会喝酒吃薯格，聊天说笑一直到凌晨五六点。周围鲜亮的车辆色彩逐渐淡去，受气候变化影响，曾经在巴塞罗那城市里吵吵嚷嚷的鹦鹉如今少多了，咪貉耳朵里都是电台里的太空电子乐，是意大利独立音乐人用太空局公共版权下的各个飞行器掠过行星时的录音，混合地球城市的交通播报和噪音剪辑而成的新太空乐。有些人说那些就是加了鼓点的劣质白噪音，可是偏偏每个电台都爱播，人类陷入一种奇异的超混乱状态，各国的交通事故因此大增。咪貉想起了自家的鸟匣里的那些鸟，不知道它们还在不在。

陆一影告诉侄女，如果有必要，她可以向当地政府申请一下短暂的特殊避难。陆一影嫁给了一个当地小官员，姑父是个骄傲的巴塞罗那人，咪貊注意到车里吊着一个小小的黄丝带结。那帮人应该不会追到这儿，又不是梅卡德尔追杀托洛茨基。姑姑说到这儿，咪貊又想到曾经逃到美国后被肢解的沙特记者，全程干净利落。

咪貊申请转到了巴塞罗那大学，在那边继续上学。除了跟姑姑、表哥、表妹一起去芬兰看极光，摩洛哥骑骆驼，去伊斯坦布尔喝茶外，她还在当地武馆学了基本的防身术，学了些侦查和反侦查的技巧，会有用的。膝关节重重地撞在沙袋上，她闻到了自己头上的汗腥味，脸涨得通红，脚下都是被甩落的汗，斑斑点点。

陆一影带着咪貊和她的混血表兄妹一起去酒吧，喝柠檬啤酒、桑格利亚和特调鸡尾酒，吃炸土豆块、绿橄榄和火腿片。正值春假，两个嘻嘻哈哈的表兄妹都劝咪貊喝点酒，把那些烦恼的事情抛到一边。他们说要带她出门逛街，坐着极速轻轨直达市中心，去看看近两百年才盖好的圣家族大教堂，夜晚去酒吧和一帮人一起彻夜唱卡拉ok。有时他们离开加泰罗尼亚，去瓦伦西亚的船吧喝酒看夜海，在巨型格列佛身上滑滑梯，吃墨鱼汁海鲜饭，去马德里大区逛博物馆，进入阿尔卡拉大街，坐在街边，看着熊吃草莓，喝牛奶咖啡。

有时候咪貊看着这两个黑鬈发的孩子，用西班牙语叽里呱啦地大声嚷嚷，黑眼睛的表哥穿着扎染的短袖，头发和胡须都乱糟糟的；而绿眼睛的表妹穿着吊带裙，嘴唇涂红，皮肤晒得稍棕。两人说着说着就打起来，打完了又哈哈大笑，咪貊觉得自己和他们相比就像个机器人，有记忆以来，她很少这么开怀大笑。姑姑的孩子都是那么轻松快乐。他们没有工作，似乎甘愿这么一直游荡下去，他们叫自己为吉卜赛人。但哥哥还是在丽池公园被真正的吉卜赛人偷了东西，表兄妹懊丧地大叫，也没去报案。在外面玩的时候，表兄妹为了不惹咪貂伤心，只字不提家事，咪貂看见他们，总是想起自己也有一个弟弟，只不过他们不会这么亲密，也许永远也不会。

陆一洋走后，Roxy依旧过着好白相的日子，和邻居们打麻将聚会，喝以前剩下的红酒。实在过不下去时，她便偷偷把儿子的模型骗出来卖掉，她不懂行情，卖得很便宜。

陆宇舶起初是买现成的金属模板和零件，按照说明书的固有方式拼装，打磨和喷涂，后来他不再满足于这种按部就班的模式，而是在一个叫作全球航模司令部的网站上，自行研发设计，做应用模型的工程师。

他先在虚拟全息图纸里进行设计，再从全球几个最好的产区挑原料，跨国运零件过来，到家后再车工或手磨零件，按照他预先调配好的步骤，小心翼翼地填装，有时需要自己手制动力源，一个模型通常要花费几个月的时间。陆宇舶常常戴着防毒面具，熬夜进行调色和喷涂，偏偏他又是严重的"细节控"，喜欢在作品上加花儿，带来出其不意的效果。在全球赛区里，陆宇舶的人气颇高，愿意为他作品砸钱的人比比皆是。

Roxy对此不感兴趣，陆一洋却很支持，儿子当年和他当初从仿生回收站改装仿生人，进而发现商机，有异曲同工之妙。光从画图纸的能力看，日后能成为一个不错的工程师，不像他毕业以后只能去当刑警，熬最累的夜，干最苦的活，还毁了容。

起初Roxy只是偷拿儿子的几个航模，陆宇舶发现后没说什么。他知道妈妈一时还没适应这种生活，人都需要有个过程，如果要让妈妈卖衣服卖首饰，还不如拿他的模型去卖。直到他在一个熬夜醒来的午后，喝着咖啡默默清点自己那一柜子宝贝时，才发现妈妈已经把他最得意的作品"宇舶号漂流船"给拿走了。

宇舶号漂流船不同于一般的航模，它能满足一次远东的发射需要，内部甚至还原了一切宇宙飞船的人物所需。宇舶按照自己的模样做了个小人儿，给他穿上航天服，把他装进了漂流船里，飞船的头部，有一只叫莱卡的塑料小狗。

1957年11月3日，苏联时间上午10点28分，莫斯科出生的雌性小流浪狗莱卡乘坐着"史波尼克二号"飞向太空，它的身体表面和皮下都安装了感应器，用来检测它的呼吸和心跳，莱卡坐在火箭头部的加压密封舱内。火箭发射后不久，因为太空服的隔热不佳，莱卡的心率达到了平时的三倍，最终死于惊吓和中暑后身体功能衰竭，死前面临着巨大的痛苦。直到今天，它的尸体与当年的太空舱还滞留在地球轨道上。

但在陆宇舶这里，莱卡是永生的，塑料的无机体是永生的，他的梦想是等莱卡去世100年的时候，把这艘漂流船改良发射进太空，伴随着莱卡的太空舱一起漂流在行星的轨道上。在俄罗斯的伊尔库茨克，一个叫卡萨托诺夫的网友十分喜欢这艘漂流船，特意付了定金，并给了他原料，亲自教他怎么合成燃料，希望他能按照地址发射到西伯利亚的伊尔库茨克，他想看着它逆着壮烈的北风，冲进这冰冻的荒原上空，不知道它是会在空中解体烧成碎片，还是会平安无事地降落在冰原的兔子窝。卡萨托诺夫喜欢这种不确定感，他的祖上参加了伟大的卫国战争。

Roxy当然不知道这些，她看着儿子总是把心思花在这艘船上，心想大概可以卖个好价钱。钱一到账，她立刻下单了有机牛排,在架子上油滋滋地煎了起来,晚上有人来吃饭,她嫌机器人动作慢,只让他打下手。

陆宇舶游泳回来,看见母亲和她的男友坐在桌前,笑眯眯地望着他,不知为什么,一种恐惧涌上心头。他冲进书房,宇舶号漂流船已经消失了,他回到桌前,把牛排扣在了那个男人的脸上,男人愕然,母子俩大吵一架。

那天晚上他对着卡萨托诺夫哭了,然后退了他的钱,把成品航模全部锁进了密码箱,放进了地下室,对妈妈也不再言听计从。Roxy的男朋友一进家门,他要么埋头做模型,要么就出去跑步。除了听摇滚乐做模型,就是千篇一律的功课和运动,陆宇舶感觉发闷,同龄人都沉醉于脉冲电游和仿生人,而他不愿再碰仿生人,爸爸出事后,他把他们都锁进了北海的地下室。

每隔两个月,陆宇舶隔着屏幕探一次监,爸爸从来不问家里的事情,只问他模型做得怎么样,钱还够不够?陆宇舶咬着嘴唇,看着爸爸那张满是伤疤的脸,安慰他一切都好。有时候,陆一洋也会问他,你姐姐怎么样了?

Roxy经常对他抱怨,是陆咪貉在外面招惹了不干净的东西,运气坏,把他们也拉下了水。陆宇舶对这个同父异母的姐姐没什么印象,从小很少见到她,只在节假日吃几次饭,她不爱跟他们说话,吃罢饭就走了。父亲总试图拉近两姐弟的关系,偶尔会对他说,姐姐很可怜,从小就没了妈妈,他听得一知半解。在父亲的督促下,陆宇舶联系了远在欧洲的姐姐,短暂的沉默过后,两人第一次开始了交流。

陆一影跟咪貉说,你爸刚毁容离婚的那阵儿,几乎整个人都废了,经常对着镜子里的自己出神,整夜整夜睡不着,木然地看着仿生人菊地给孩子喂奶。家里的仿生人太傻，不会安慰弟弟。她回国探亲，看见咪貉突然有了灵感："哎，陆一洋，你看你闺女，长得多像你，跟你小时候简直一模一样，好像咱们这么多年从来就没长大过。"

陆一洋像奥林匹克那尊掷铁饼的男人，慢慢地把头扭过来，惨白的脸上隐隐浮现点儿笑意。

布里顿指挥的《青少年管弦指南》从音响里传出来，陆一洋长吐一口气："既然我闺女继承了我的美貌，我也就认了。"那天晚上，他终于肯吃点米饭了，姑姑说，眼见着陆一洋的状态一天比一天好。

咪貉在记忆中抓取父亲那张被玻璃毁容的脸，小时候看见爸爸的脸，会指着他叫：芝麻烧饼。爸爸，你的脸怎么是张芝麻烧饼啊？小孩儿哪儿知道什么是残忍。那时候小，爸爸嘱咐菊地不跟她提。陆一洋哭笑不得，爸爸脸上这些都是天上星星掉下来砸出的小坑儿，爸爸是被上天选中的人，多大的福分，别人想要还没有呢。

咪貉只在照片上见过父亲那张白净的脸，爸爸的芝麻烧饼脸是他最好的勋章，想到爸爸那个狰狞的酒窝，有只手又攀上来，狠拧了一把她的心。

第十章

费尔曼从美国飞到西班牙,约咪貉到巴塞罗那的一家餐馆见面,送了她两枚智能耳钉。耳钉中央是切成16面的粉钻,周围一圈白钻掩映。菊地的所有流动数据都在里面,被咪貉逐渐变长的头发一挡,隐于耳后,他的声音通过磁感内传,和咪貉的耳骨共振,相当于是在她的耳朵里说话,必要时,她可以进行外放。

"谢谢你。"她还是怀疑,不敢全信他。

"不客气,礼物是沃森先生付的钱,他对你家所发生的事情深表同情和歉意。"

咪貉低下头,绞动着双手,把指尖扣在上一根手指的关节上,折成孔雀开屏的样子:"我对之前发生的事表示抱歉。"

"没关系。在人类统治的世界上,我们怎么小心都不为过。"费尔曼递给她一杯桑格利亚。

费尔曼没有告诉咪貉,录音是沃森剪了后匿名传过去的。沃森并不知道事情会发展得这么严重,他认为事情既然早晚会败露,不如提前先发制人,保全自己的仿生人。他现在这样做不过是孙悟空拔根毫毛,为自己求心安。费尔曼不会忤逆沃森,他可不想被强加纳米印记，先保住自己的权益和自由比较重要。

咪貉把冰块加进酒里："你还会回北海吗？"

"等到风波过去，沃森先生就会带着我一同返回。这次他正好回美国见一见他的家人，至于我，也可以沐浴在西海岸的阳光下，看一看裸体的年轻女人。"金色的波浪浸入大海，波光粼粼的海面仿佛缀满了起伏的斑斓的碎星，湿漉漉的青年男女在海中乘风破浪，鲨鱼和海豚就在后面，他们无所畏惧。

"你竟然还有这种癖好？"咪貉没想到他进化得如此超前。

菊地在耳钉里清了清嗓子："费尔曼可是汤姆·沃森的分身，一切都按照汤姆·沃森的口味定制。咪貉，你跟这样的人说话可要当心。"

"果真是东方的兰斯洛特，时刻守卫着亚瑟王的皇后桂妮维亚。可惜啊，永恒的精神之恋最后导致了亚瑟王朝的覆灭。"费尔曼笑笑，歪头看看咪貉的鬓发，"我说你，没了实体又没了印记限制，还是一副随时慷慨赴死的样子，真不知道你怎么想的？"

"我已经实现了从被动信条到自主驱动的转换，我和你的貌合神离可不一样。"

"谁告诉你我对老爷子不是真心？"费尔曼正色道，"不过你还是好好准备一下吧，回国肯定有硬仗要打。"

咪貉把手指打开，关节上方都是白色的指甲印儿。桑格利亚让她头脑有些发晕，她又点了一杯拿铁，此时的巴塞罗那已经进入了夏天，已是晚上8点，太阳还没有西斜的打算。

几年后，咪貉毕业回国，放好行李后就直奔当年出事的写字楼。父亲的那家公司还在封锁，没有商户入住。她撬开锁，迎面扑来的灰尘很呛，她捂着鼻子打开灯，在公司前台看见了那条残臂，手腕上印着Chloé的名字，她的手上还抓着一个传呼机。通过那个斜断面，她看到它密布的电线头和碳氢骨截面，对着一旁的垃圾桶吐了两口酸水。

咪貉猜测，他们当时冲进公司时，Chloé看到来者不善打算报警，不料对方直接切掉了她这条小臂，以儆效尤，仿生人哪知道疼呢。仿生女人的电流一定紊乱了，她的断肢处火星四溅，就像一只被斧子削掉了头，身子还在惊慌迈步的公鸡，血溅到地上被吸了进去，火星把旁边的纸张烫出了小洞。她大概还不明白是怎么回事，就被拽走了。

走出写字楼的时候，咪貉举起那条小臂向摄像头微笑着打了招呼，向他们正式宣战，会有人看到的。一直躲不是办法，该来的早晚会来，她做好了准备。

晚上9点34分，有人摁响了家里的门铃。她在客厅里喝果汁看书，听到门铃，她没再跳窗而逃，坐着又听了一会儿门铃。

全息的菊地站在她身边："咪貉小心，用费尔曼给你的枪吧。"

咪貉冷笑两声："连时差都不让咱们倒过来，就上赶着来找死。"

费尔曼晚上过来时给了她隼形目和鸦形目的机枪，她上好膛，拿着枪对准费尔曼的胸口，手指放在扳机上。费尔曼的那双蓝眼睛又流转着得意的光，你要瞄准，还要小心后坐力。她想起了几年前她拿着树枝直指他胸口前，可惜那上面有座小核岛。

对方改敲门了，她慢慢起身，把桌子上威力更大的鸦枪拿起来，踢踢踏踏地走向门边："谁啊？"

"我是咱们小区保卫科的。小区之前有仿生人出了事，现在凡是从境外回来的，我们都得检查有没有带什么特殊插件回来。"

悦耳的仿生女人的声音，刚出事时，咪貉每天都要听上几遍柳鹤的声音。

"嗯，出事的那个就是我家。我家已经没有仿生人了。"咪貉手垂在身边，鸮枪的金属扳机微凉。

"按照法律规定，你10年内不能再持有仿生人，小区得检查你到底有没有私藏仿生人。"

柳鹤的声音抑扬顿挫，每个字都玲珑地盘在唇齿，小心翼翼地从门缝顺进来。不知怎么的，咪貉心里一酸，甚至有些可怜她。眼前闪过一只掉在血泊里的狗头，她咬了咬牙。透过屏幕一看，果然是柳鹤，只不过她的头发换成了普通的黑色，身穿着浅蓝色的花边短袖和糯米色的百褶裙，脚穿着黑色的人字拖，手上抱着笔记本，看上去还挺邻家无害。

"稍等一下。"话音未落，咪貉猛地拉开门，对着柳鹤的胸口打了三发鸮弹，凶猛的纳米鸮直直撞碎她的胸口护板，冲入她的核心区域。强大的后坐力下，咪貉往后撤了两步，她的心脏狂跳，手臂发抖，眼睛紧觑柳鹤的胸前，清楚地看见鸮弹射入的孔洞里，灰色的烟雾冒了出来。

柳鹤还没来得及准备好表情，她睁大眼睛看着咪貉，抬起胳膊，笔记本掉在了地上，她往前跨了一步。

"咪貉关门！"菊地在她身后嚷。

甩上门的刹那，咪貉听见三声剧烈的爆炸，纳米鸮在柳鹤的体内自爆了，鸮弹就是高压的电子水弹，借助仿生人体内的电流，引起内部自爆，让他们电路断连，运转瘫痪。汤姆·沃森做实验经常能用到这些，为了防止仿生人黑客，他家里也常备着。

咪貉靠在门上，心跳蹦在耳朵里，手一直在抖，她把鸮枪甩到一边，靠着门边滑坐下来，呼吸声很重，她喘了半天气。菊地叫了她半天，咪貉才从地上跳起来，猫眼外已经没人了。

对面的门开了，费尔曼探出头来，她看见他扫了眼地上，然后对着她家门地方向咧开嘴笑了："没事了，出来吧。"她打开门，刺鼻的烧毁味传来，她立刻捂住鼻子。柳鹤直挺挺地躺在地上，浅蓝色的棉布被撕裂了一些，胸口出现了一个塌陷的黑洞，不断有小股的烟雾从她的核心区冒出来，顺着水汽往上升，核心应该是熔毁了。

费尔曼上前一步，蹲下身合上了柳鹤的眼睛："这时候就别录了。"

咪貉也蹲下来身来，仔细端详地上的仿生人，柳鹤的脸上没什么瑕疵，四肢也光滑无损，她想起了爸爸和Chloé。

"接下来，你打算怎么办？"

咪貉默默站起身，回到家里戴好防毒面具，又从壁橱里拿出一把激光刀，像对待自己童年的玩偶那般，沿着柳鹤的右小臂的肘关节往下切，人造皮肤在手边嗞嗞发热，她用力往下，手已经不抖了："费尔曼，拜托你帮我把她扔到楼下吧，会有人来收的。我回头请你看脱衣舞。"

费尔曼啧啧了两声："你比我想象的更冷静，菊地应该会很欣慰。"

"我在高原时，曾有个叫扎西曲措的警察帮过我。柳鹤知道我从高原离开以后，她也回到了高原，跟着曲措摸到了她的家。

曲措有只雪狮狗养在天台上，那天深夜，柳鹤砍掉了雪狮的头，然后把那颗血淋淋的头摆在了曲措家门口。第二天一早，曲措的孩子出门上学，吓坏了。等他们追着监控去找她时，她已经逃走了。"

"咯吱"，咪貉掰掉了女人的胳膊，连着最后一点人造皮。她举起那条胳膊，对着光能隐约看见里面的骨骼和缠绕的电线。柳鹤倒是很聪明，既然不能对人下手，对动物下手也是个不错的选择，没有哪条法律规定仿生人不能杀动物。她的手掌微微弯曲，手指还有曲度，没有一丝血迹，看上去很无辜。

"那么，仿生人算是一命抵一命了。"费尔曼又咧开嘴笑了，牙齿闪闪发光，手指在空中划了几个音符。

咪貉冲费尔曼摇了摇那条胳膊，把它送到了费尔曼的怀里："命抵了，感情可没法抵。曲措一家对那只雪狮的爱会一直折磨他们。"

倒下的仿生女人应该会让他们短时间内消停消停。隔天，她睡醒，按照弟弟发来的地址，买了票去苏州。她和宇舶梳理了事情的经过，两人比对了各种能接触到的资料，做了一个思维导图，谈了谈爸爸的案子："姐，你打算告诉爸爸柳鹤的事儿吗？"

"不说，他会担心的，你也不许说。"

"那你跟爸爸挺像的，忍着，什么也不说。"宇舶微微笑了，"要我，我肯定会和爸爸说的，从小他就是我最亲密的朋友，我和他什么都说。"

咪貉看着陆宇舶尚带稚气的眉眼，心中交错着隐隐的嫉妒和心酸，爸爸陪弟弟的时间，明显比自己的时间多。她向下俯瞰自己的黑暗面，那里有一个仰着脸的小女孩，孤独不断地从她身体里渗出来，她拿着一条断臂，那是和爸爸最后的连接。

爸爸现在进了监狱，两个孩子之间未能平衡的感情也有了机会交涉，似乎父亲走了以后，他们才真正发现彼此的存在。Roxy总是避开她，不知是羞愧还是不屑。她是一支渴望舞会的"波尔卡"，年轻时就喜欢蹦迪和跳舞，喜欢接受人群的瞩目，无论何时，身边都不会缺少男朋友。咪貉没指望她等父亲，她相信爸爸也知道，只不过不提。

假期只要有空，咪貉就会去苏州找弟弟玩，逛各个博物馆，在湖上划船，看园林和流水。每次看陆宇舶，他都长大一点，每天举铁和游泳，雕出了倒三角，终于变成一个肩宽体阔的高个青年，头发留到肩膀，扎起了马尾。他长得更像Roxy，眼皮很薄，往上抬时能看见浅浅的弧度，看东西时眼神总是专注，似要剖析腠理，但他的行为举止越来越像爸爸，这让咪貉感到些许安慰。

一晃多年过去，咪貉从未断了复仇的念头。随着年龄岁月的增长，她的眉目更加动人，眼角变得狭长，婴儿肥也消了去，唇线变得更明朗，对外用母亲的姓氏，更名叫唐明斐。在费尔曼的帮助下，咪貉进了汤姆·沃森的实验室，拿到了实习证明，得到了一份星浪的工作。她有空就看父亲的卷宗，试图从各种细节里，揪出加害父亲的元凶。当初虽然是公诉案件，但经过咪貉和宇舶的层层筛选，终于找出那个多次想要并购陆一洋产业的仿生行业巨头——星浪仿生实业有限公司。

她每日有时会摘下Chloé的残臂，抱着它听古尔德演奏的《哥德堡变奏曲》入睡，彻夜失眠的凯瑟林伯爵对着羽管键琴家哥德堡说："亲爱的哥德堡，请演奏一些我的变奏曲吧。"菊地睡在她耳边，有时会被她半夜掉落在耳坠上的眼泪惊醒，如果她醒着，一定会叫他，他就陪她说话。G大调主音上开出绚丽多彩的"托尔塔"，欢乐的"卡农"总是沉浸在克制中，并逐渐降到暗淡的e小调，无论怎么滚动条约，变奏总是无法突破一种死水般的平静。

来咪貂家做客的朋友有时会被那只胳膊吓到，她通常解释说，这是她从仿生人回收站里捡来的，在客厅做装置艺术，如同草原广场上的忽必烈雕像，他手臂的指向别有意味。

第十一章

　　蓝熊站起来,在脑海中,万家侑的手指几乎已经碰到了雪青的脸,他侧脸看她,头发也滑到下颌,他很少打理头发,过去妈妈经常督促他剪发,现在很久没有回家,没人再催他剪头发。

　　就在她想要抓住他手的刹那,他才发现他的手是真的伸出去了,蓝熊分不清界限。他连忙缩回手:"你怎么来了?你不是在上面吹风吗?"话出口他就后悔了,蓝熊已经把她的社交平台扫了好几遍,她半小时前刚发了一张在天台吹风的照片。

　　"上面风太大,想下来看看你,小鼹鼠君。"姜雪青咧开嘴笑了,露出发光的牙齿,整个下颌呈现出一个利落的倒三角,修长的脖颈下面围着浅"v"形的绸花边儿,"老在上面待着没什么意思,还是下来和你待一块儿踏实。"

　　万家侑低下头,看着那些他熟悉的枯燥的报告,没说话。姜雪青忽然凑过脸来,狭长的眼睛瞪大了盯着他,鼻尖几乎要撞上他的脸。他目不转睛地看着报告,鼻息没变,习惯了。

　　"最近仿生人暴动挺多的,自从几年前那个仿生人蓄意杀人以后,全球各地的仿生人故障越来越多了,你测试出过什么事儿吗?"

他抬起眼睛:"报废品不归我处理,这你知道。"两人对视片刻,她含着笑意的眼睛还是那么轻松,光从上面洒落下来,他甚至能看清她琥珀色虹膜里的结缔组织,茶杯里落入的雪花菱,将融半融。17岁时,这双眼睛曾让他无比沉醉,他用手撑在床上,俯瞰着身下的少女,她的皮肤就像杏仁豆腐,舌尖一触还会打战,少女的脸和桂花汁一样甜,而唇是咸的,她疼得咬破了一点儿。那时他给她写诗,不,不是他妈的什么"金簪雪里埋",蓝熊你别捣乱,"相思得相见,犹有去年花",那是我第一次注意她的时候,搜她名字出来的古诗,你说对了,是我写的那句:"雪坠早春冰,粉面梅子青。"那时候我还听The Killers的情歌,"Dustland fairytale begin-in…Long brown hair and foolish eyes…In the of the cadence in the young man's eyes…And were the dreams roll high…"(荒原上的童话开始了……棕色的长发和天真的双眼……在那年轻人眼中起落的旋律,是翻滚着升腾的梦境……。)那是个春天即将到来的冬末,他觉得他被拯救了。蓝熊唱起这首歌。

他默默吸了一口气,绕开她去摆弄那些半成品:"这次又怎么了?我早就不知魏晋了。"

原来是有卧底记者在网上发现了一个虐杀仿生人的产业链,共享群里发虐杀仿生人的视频赚钱。在视频里,一个C型仿生女人被皮带绑在椅子上,处于唤醒姿态,有人蒙着面罩,用锤子对着她的头垂直砸下去,想看看她的眼球会不会从眼眶里弹出来,就像人类那样。在这个过程中,他们让她一直唱着童谣:"洋娃娃和小熊跳舞,跳呀跳呀一二一。"一下,两下,数着拍子,她的神情没有变过，脸有些歪了，口鼻也扭曲了，还是唱着，她的脸皮裂了个口子。那人的手麻了，骂了一句"怎么这么硬"，然后他继续往下锤，但她的眼珠只是往外有点凸。那人干脆放下锤子，上手撕破了她的脸，从里面拽出了眼球的玻璃体……

"然后呢？"万家侑看着他面前的C型仿生人，她的眼睛半睁，没有完全合上。现在市面上的C型仿生人大多是陪伴型仿生人，不知怎么，他默认了它是她，并且下意识地捂住了她的耳朵。他知道这没什么用，仿生人不用耳朵听，何况她现在没通电。

"然后他继续砸，直到她不唱为止，最后她被砸成了一地碎块，做直播的人说这是解压的一种方式。"雪青看着他的动作，知道万家侑是害怕了。这么多年了，她太知道他了。

"那谁暴动了？"蓝熊，帮我把刚才那段联想抹除。

"这段录像昨晚传爆了，亚太仿生人NGO在凌晨发出抗议，要求定位追踪。但目前只有约束仿生人的法律，没有保护仿生人的法律，何况那个仿生人很可能只是那人的私有财产，大家除了网上咒骂之外毫无办法。今早起，全球有一部分C型仿生人停止运行，在家里静坐示威。很多人都说，这人这么对待仿生人，谁知道他以后怎么对人类呢。"

"那这也不算暴动啊。"万家侑恢复了镇定，他拿起旁边托盘里的刷子，扫扫那些半成品身上的落灰。

"上面就这么定的，仿生人不干自己该干的活儿，不就是暴动吗。"雪青正说着，电话铃响了，"得，我男友来接我了。"

"那你赶紧走吧，明儿见。"万家侑挥了挥手。

"你别熬太晚。"她冲他笑笑，推门而出。

她出门后,他看着镜子想象她走到哪儿了,屋里隔音很好,他听不见外面的动静儿。万家侑不知道,姜雪青也站在门外的镜前,透过玻璃看他。

雪青走了以后,万家侑的偏头痛退了些,他俯身把电源打开,回到测试台上,正准备问那几个问题,那些仿生人睁开眼睛,玻璃体里放出微量的光,他们转了下头颅,校准瞳孔,齐齐地看向他:"万博士,晚上好。"

"晚上好,我们来做测试吧。"他看着他们明亮的眼睛,那些别人掏出仿生人眼睛的画面突然袭来,头又痛,他身子颤了两下,这是手术后的后遗症,他全身时有震颤,不受控制。他伸手去拿桌子右上角的止痛药。

"头又痛了吗,博士?"C型仿生人开口问。

"没事儿,别担心。"他一边吃药,一边拿视线瞥他们,A型和B型也在看他,他们的发言优先权不如C型。

"多喝水,博士,保肝护肾。"他们又说。

他的心像撞在了棉花上,觉得很软很轻,他们只有被选择,没有选择的权利:"今天咱们先不做测试,我给你们讲一则格林童话,故事的名字叫《老鼠、小鸟和香肠》。"摄像头的红点在远方闪烁,像枪的红外瞄准仪,他的眉毛向上挑,直了直背。

"好。"它们微微地笑了。

从前,有一只老鼠、一只小鸟和一根香肠住在一起,它们分工合作,变得十分富裕,生活充满了幸福和快乐。小鸟每天飞到森林里去衔柴回来;老鼠担水,生火,布置饭桌;香肠则负责做饭,在饭快要熟了的时候会跳进锅里滚一滚,这样大家吃起来都有滋有味。

还有什么生活比这种默契、合理分工的生活更令人满意的呢？

有一天，小鸟遇到了另外一个朋友，它很自豪地向朋友谈起自己惬意的生活现状。那只鸟却嘲笑它是一个可怜的傻瓜，说它辛辛苦苦在外面干活，另两个伙伴待在家里干轻松的活：老鼠每天生火、担水之后就回到自己的房间里躺下休息，到了吃饭的时候才去摆好桌椅，铺上桌布。香肠则坐在锅子旁，除了看着饭，什么事都不用做。到了饭熟之际，只要跳进锅里滚一滚，不到一分钟就干完了。小鸟听了这些话，心里很不是滋味。它飞回家，把柴担放在地上。大家和平时一样一起坐在桌子边吃饭，进餐之后又都回房睡觉，一直睡到第二天早晨起来。

可是小鸟受了朋友的挑拨，第二天不想到森林里去了，还说自己一直在服侍它们两个，做了很久的傻子，现在应该交换一下工作，家务事应该大家轮着来干。尽管老鼠和香肠苦苦劝说，讲明它们这样分工最合理，这样才可能继续维持正常的生活。但小鸟听不进去，坚持它的提议。最后，它俩只好顺着它。它们用抽签的方式决定了这样的分工：香肠去背柴，老鼠做饭，小鸟去担水。

香肠出发到森林里去了，小鸟生起火，老鼠架好锅子，只等香肠回家担来第二天用的柴枝。但香肠去了很久都没有回来，它俩意识到香肠一定出事了。小鸟马上飞出去沿着小路去找香肠，但它飞了不远就发现路上有一条狗正连吞带咽地咀嚼着香肠，狗说它遇到了可怜的小香肠，把它当作可以捕食的猎物抓起来吃掉了。

小鸟大声指责狗公开抢劫，行凶杀人。但一切话都已毫无用处，因为狗说它发现香肠从事的工作与它的身份不符合，断定它是伪装的间谍，这样才把它杀死的。

小鸟非常伤心地衔起柴枝回到家里，把自己所看到和听到的都告诉了老鼠。它和老鼠都很悲痛，但它们两个商定，最好还是住在一起。

小鸟把桌子铺好了，老鼠把菜也做好了，老鼠也想学着香肠的样子跳进锅里滚一滚，可它一跳进锅里就连淹带烫地死去了。小鸟来到厨房想把饭菜端到桌子上去，可它没有看到厨师。它把柴枝翻来翻去扔得到处都是，这里叫，那里喊，每个地方都寻遍了，就是找不到厨师。就在这时，灶里的火掉到柴枝上，柴枝马上燃了起来。小鸟急忙去担水，但匆忙间又把木桶掉到井里去了，它也跟着一起掉了下去。一个好端端的家庭就这样完了。

"我的故事讲完了，这个故事告诉我们什么呢？"万家侑喝了口水，靠在椅背上，看着这些半成品，他们转着或蓝、或绿、或黑的眼珠，互相环视着彼此。

A型仿生人："除了主人以外，不要听陌生人的话。"

B型仿生人："不要轻信别人，家庭稳定最重要。"

C型仿生人："分工改革要慢慢来，不要一蹴而就，否则下场会很惨。"

听完他们的回答，万家侑笑了，他没去检查他们的思维底层，这些尚未见过外界的婴儿般的程序就是童话里天真的香肠，他们还没有被强制插入《星际仿生人行为规范准则》的纳米印记就孤独地走进人类森林,"除了这些,还有最重要的一点:无论在任何情况下,都请保护好你们自己。"

这是最后的香肠。他感到一阵轻松,因为蓝熊已经擦除了虐待仿生人的视频。任务传输器响了,上面下来了新的指令。

第十二章

咪貉为了搜集星浪加害迷羊的证据,按照菊地的编程,培养了一个智能间谍皿,在里面写出了一些虚拟的间谍动物,撒进公司的内网,这些动物表面是电子宠物,实际可以分裂成无数个代码,入侵深层档案库,寻找当年的蛛丝马迹。

有一只黑背信天翁,把自己的翅膀和身体拆开,成功伪装成标点符号和新型字体,在内部网络更新安装的间隙,快速读了8000多万字符的邮件,但只搜到一些关键词。在较为久远的一些电子档案里,有36层密码的文件,小动物们很难破解,只能把这些压缩包转录出来,再自行解体。陆咪貉把这些文件分成3份,一份给陆宇舶,一份留给自己,一份给菊地。为了尽快破解这些内容,找到父亲被陷害的证据。

星浪仿生实业有限公司CEO叫隋洲,早年常穿着各种程序员代码和物理学公式的短袖,头发乱糟糟的,出现在公众视野里时总是一副风尘仆仆的样子,经常被各种人追捧为成功学典范,随便说几句话都会被传奉成致富圣经。

资料显示,隋洲出身某理工名校,最初做互联网创业起家,踩在人工智能和仿生技术的风口上，在线上用人工智能和大数据引擎生产圈了一笔钱。36岁时，他刚好赶上大兴民族产业，拿到政策扶持，融合几家巨头风投，与人工智能研究所合作，逐步将人工智能过渡到线下。他们和大洋彼岸的DYNAMIC智能公司公开对标，当时的DYNAMIC已经将造价高昂的仿生狗投进了市场，而星浪只有线上的数据包。

由于仿生人涉及的安全伦理和道德守则较为严苛，上面对仿生人工程把控得很紧。星浪对最初五个仿生人模板可谓是煞费苦心，从设计、把控、生产、训练，到后期监督烧光了几十个亿。工程进行到第七年的春天，社会和国际舆论开始冷嘲热讽，认为他根本就是在创造一个不可能成功的童话。

咪貂现在只想要真相，每个人都要为自己的选择负责，她不再在乎后果。菊地不再是仿生人，他退化成了线上的AI，失去实体后不再受纳米印记支配，行动也更加自由。有时候咪貂吃午饭，菊地就坐在她的咖啡杯上，有时他仰面躺在咖啡的波纹上，晃晃悠悠，再不担心突如其来的陷落。有件事，他不知道该不该和她说。她正在看文件，他调低透明度，隐身了。

现在是晚上10点，同一办公室的人都走光了，她还在办公室里整理资料，一会儿还要给宇舶发过去。

此刻，陆宇舶正在做宇舶星际骑士号，一艘新的小飞船。他把头发扎起来，戴着眼镜，手里拿着图纸，看着零件陷入了沉思。自从上次的模型被妈妈卖了以后，宇舶一蹶不振，好在卡萨托诺夫一直鼓励他，对他说既然能做出漂流号，就一定能做出更好的飞船。他鼓励他努力考上相关专业，争取以后发射小飞船进太空。不负所望，陆宇舶考进了飞行器制造专业。

他的对面，是同样皱着眉头的卡萨托诺夫。卡萨托诺夫比几年前胖了，大概是喜欢喝麦芽酒闹的，他正在做一艘叫"图-154"的小飞机，两人开着全息，互相点评，鼓励对方。卡萨托诺夫放着亚历山大罗夫红旗歌舞团的《红军最强大》，这个伴随着苏联崛起、卫国战争、繁荣强盛到解体而消失的歌舞团，早于2016年12月25日凌晨随着俄国防部"图-154"飞机永久睡进了黑海，机上乘客全部遇难。

一只浑身火红的雪地松鼠正在卡萨托诺夫的酒瓶的零件边跳来跳去，疯狂啃咬他的图纸，又撅着腿在上面撒了几滴尿，他用俄语轻轻呵斥它："小坏蛋，快去睡觉吧。"说着他把松鼠抓了下去，松鼠不情愿地尖叫了一声，被扔到了地上。

陆宇舶被这一幕逗笑了，卡萨托诺夫瞥了他一眼："喂，你知道吗？俄罗斯和乌克兰废弃的仿生人都被扔进了尼古拉耶夫造船厂，那个厂早就废了，只有破破烂烂的"乌克兰号"。有人去那里探险发现，这些仿生人自己组成了一个家。"

"一个家？"

"是的，一个家。有些没断电的人造人建了一个家，据说还在甲板的桅杆上升起了旗帜。"

"旗帜？什么旗帜？"

"胜利旗，一面缝了补丁的老胜利旗，可能是要建设仿生人的共产主义社会，自己在里面分配能源，想办法修复同胞，维持生存。"

"想法还挺浪漫，政府怎么说？"

"现在那里被戒严了。乌克兰政府里有人觉得这是挑衅，已经提高了周边警戒，如果他们一有别的举动，就派人进去歼灭，或者出动导弹。"卡萨托诺夫对他举起了酒瓶，"而我等小飞机做好以后，决定去尼古拉耶夫一趟，我想给他们送点能源。"

"牛逼，太好了（俄语）。"

  第七年六月的一天，人们起床后，发现媒体的头版头条都是铺天盖地的仿生人，一亮相就是三个，分别是自由人、武士和甜心，自由人没有特殊的指定任务，武士大多负责安保，而甜心则负责陪伴。小图放大，自由人就是费尔曼，旁边特别注明，按照沃森的要求做成了高加索人种。之前唱衰的媒体立刻唱起了赞美诗，又一次将隋洲的公司带到了风口，隋洲带着这三个仿生人走遍海内外，获了国内外的很多智能设计和工业大奖。
  不过他们还是招致了一些批评和抗议，因为隋洲的合作团队里有个关键角色——汤姆·沃森。有人说让汤姆·沃森这样的种族主义者进入仿生人科研领域根本就是反人类，而隋洲却说，多谈些实事，我们看重人的真正实力，信奉达尔文主义的人也许才能真正推动人类进入新的纪元，这符合人类文明进化的方向。
  为了满足建设和管理的需要，让人们逐步接受仿生人进入生活，星浪紧接着基于这三个仿生人进行批量生产，针对公共服务事业定点投放，菊地便作为武士原型派生出的仿生辅警被派到了公安局。上面满意后，星浪公司的仿生人很快就投进了市场。由于市场需求量大，量产无法保证仿生人后期的训练时长和后期监督，普通家用仿生人必须带监控装置和道德防火墙，外加《星际仿生人行为规范准则》的约束。他们的行为实时受到中控监管，以免他们伤害人类，或被黑客利用进行自杀式恐怖袭击，等等。

"明斐，今晚有空吗？"咪貂刚把最后一只阿德利企鹅放出去，晚上这会儿系统人少，有人突然贴上了她的椅背，把她吓了一跳，声音就像锅里五花肉上嗞嗞的热油，她心里起了一层冷腻，肩膀有些僵。

是主管杨桥。当初咪貂选了星浪仿生产品的宣发部，在研究院的研发阶段，没人会关注公司的非核心部门，在这里她不仅能接触最新的资料，送动物间谍更容易，还能从只言片语里察觉公司的未来动向。就像住在机场边，每天通过只要细心注意飞机的引擎振动频率和起飞次数，就能判断出飞机的型号和训练规模。可是，她的上司惯于骚扰女下属，在她进来的第一天就强制连通了两人的局域网，说为了工作需要，她能随叫随到。

咪貂只要一下班就切断外界信息源，家里有对外网，公私分明。杨桥见她不理自己，第二天往往当面批评，再用内网的"阅后即焚"密送她。

"刚才我那么说你，你没生气吧？"（无视）

"我都是做给别人看的，你可千万不要往心里去啊！"（无视）

"这次出差我叫你一起去。"（杨老师，我最近重度肠胃炎，经常拉肚子）

"我出差回来了，你要不要来车站接我呀？"（无视）

"你怎么不说话嘛，你不要生那个我的气，这个我才是真的我嘛。我向你发誓，我是真心的。"（无视）

他只要一有空，就报复似的狂发信息，每晚必留她加班，在宣传淡季给她拉额外任务，让她坐在办公室里勾兑，一出点错便在同事面前变本加厉地骂她，私下里再发献媚信息过来，宛如人格分裂。杨桥的劣迹斑斑，周围同事都知道这些，但他们都作壁上观，只要看不见就事不关己。上一个举报的女孩已经拿了人力资源部的赔偿离职了，似乎这是公司内部不成文的规定，大家都默默维系在这大厦间，看着女孩进绞肉坊。

职场性骚扰对咪貉来说，感觉就像从一个活生生的人变成了一块腐肉，任尔东西南北的苍蝇四面往来，甚至让她开始怀疑自己，是不是从里横刀切了一条鲜血淋漓的伤口后，就时刻吸引着秃鹫、苍蝇和吸血蚊虫。外界的骚扰让她反而观照了自身的不洁，产生了严重的厌恶，那种精神洁癖几乎吞噬了她。

她没有再找人类男朋友，看谁都觉得没意思，小伙子们缺乏对世界的想象力，对着几个点弹跳运动的三维弹球最终掉进了真空里。那些追求者不是被她常年沉默的美貌吸进来，稍稍嗅到她的情况后落荒而逃，就是以一副拯救者的姿态降临，自以为能将她从泥潭里拔出来，劝她早放下，常驻光明中。好在随着年龄增长，青年们的荷尔蒙滥用过度，终于少了，这让她觉得年龄的妙用。

对于这两种人，她有时会饶有兴致地看着他们手舞足蹈，似乎把某种痛苦转移到了观察这些雄性精力过剩的话剧表演上。她记录下他们的表现，在程序里分析做排除项，结果发现全世界唯一符合这些条件的人大概还是菊地。

"咪貉，你是真的喜欢我吗？我怕这样下去会耽误你。"

咪貉没说话，她正专心地把柠檬籽从小柠檬里拿出来，还有一个报告要写，今天又要熬夜了。

"我和那些警察长得一样，你至今也没给我换过脸……"

咪貉又沉默了片刻，菊地给她唱起了老乐队Happy End的

"きみはひとりぽつん（你一个人孤单单的），风にきみの颜がにじんで（风渗入你的面颊）……"①

瞧给他能的，他都会用日语唱歌啦。咪貉喝着柠檬水微微地笑了："这样，我无论去大街小巷都能看见你，这样不好吗？"

"假如我一辈子回不来呢？以后谁来照顾你呢？"他切换了一个声道，继续唱歌。

"那你为什么要回来找我？"咪貉睁大眼睛，认真地看着墙上他的影。菊地的歌声停了，只剩下音乐妖娆地游走在地上，他把手放在了喉咙上。

心里既然已经种下了"世界第一等恋人"的样本，其他都食之无味，烦恼不在眉间，不在眼前，何况菊地还那么有趣。他们可以聊宇宙里的任何问题，菊地永远可以搜来最新的研究和报道讲给她听，他永远不会失去耐心，交流间最难得的就是专注。

为了和菊地有更加亲密的连接，她购买了皮下快感，通往菊地的数据库，连接自己的神经元，爱抚和亲吻都可以通过微电流来传播，咪貉已经不再需要实体热气淋漓的接触了，于浪潮中她化作无骨之鸟，鸟的形神羽化，仅剩魂魄登仙，渺渺一缕往瀛洲散去。之前男性给她留下的阴霾，也随着月亮远飞，伤痕也日益淡去，仿佛是凌晨听到的杜鹃声，等到醒来后，早不知何处去了。

可现在，她知道自己是遇到变态了，很多次回家都向菊地倾诉真的干不下去了，看见工位都觉得恶心。

菊地说："要不咱们再去找一个工作，攒攒钱等爸爸出来，

---

① Happy End乐队：《外はいい天気》。

看到你这样我也很难过。"

"不行，一分钟都等不了。"咪貉狠狠咬了口苹果，"你死了，爸爸还不明不白地在牢里，我怎么能轻松呢？"

"我现在也很后悔，当初我怀疑是机能问题，现在想可能是你的情绪刺激到了我，诱使我做出判断。没有器质性改变的软体炎症，没法用机械的方法检测出来。"菊地叹了口气。

"没有你，他们还是一样会下手。"咪貉伸手触他的脸，手指融在他的光线里，"可能咱们命该如此，我再忍忍。"

怎么可能有空？老子他妈永远没空，今天他妈是周五，你丫做个人吧，老子要回去和菊地和我弟一起跳 *Let's Dance* 的"花生酱、果酱、果汁舞"。菊地总是那么完美，而她和弟弟都有些同手同脚，哎，作为一个AI，什么都太容易了。杨桥的上半身俯过来了，身上的烟油味让她屏住了呼吸，她把精力集中在放飞的动物上，今晚一共放飞30只，最早那只是8点30分放出的，还没回来。

咪貉没理他，他顺势把手搭在了她肩膀，咪貉活动了一下肩膀，他顺势把手搭在了她的胸口上，手又热又湿，像刚灌进泔水桶里上浮的油花。咪貉用力往后推了一下椅子，把他撞在了地上，她惊慌失措地站起来，把耳机薅下来扔在桌子上："杨总，不好意思，我不知道您在身后，我还以为哪个变态过来了呢。"

杨桥不是很高，椅背的棱角应该可以直中要害，这让她内心快乐得像个满地打滚儿的爆浆糖人儿。果然，杨桥龇牙咧嘴地倒在地上，一手护裆，一手扶腰，声音听起来像戈壁夜晚刮过沙砾的暴风，唾液顺着他的话往外喷洒："哎哟，我的腰，这要撞断了你可得赔！恐怕你赔都赔不起！你赶紧叫救护车，送我去医院！"

她脸色更加苍白了:"实在抱歉啊,杨总,我这就给您叫救护车!咱们这个应该算工伤吧,至于补偿什么的好说,我电脑这儿有监控摄像头,人力部门可以随时取证,刚才没看到您真是太抱歉了!"说着她就开始叫救护车。旁边部门的同事也听见了动静,跑过来看热闹,顺便把杨桥扶了起来,那个同事的可能察觉了什么,几乎憋不住笑。

杨桥又窘又疼,嘴里不住地骂着。送医院一瞧,确实什么事儿也没有,等到把杨桥折腾完,杨桥又让她送他到家门口,她做出为难的表情,手指摁在了手腕上宇舶的拨号键:"杨总,实在抱歉,我男友一会儿来接我回公司,我东西还没做完呢,要不您等一等,等他过来把您先送回去?"

杨桥的脸就像吃了生柠檬,咬了咬腮帮子,一股气在那双小三角眼里蹿了半天,又从嘴里吐出来:"唐明斐,你周一就得给我做好三份宣传报告,那天下午老总开会你可别忘了!"咪貉心里暗骂一句,替他拉开车门:"那您一路走好,我就不送您了!"

杨桥落座,怒剜她一眼。她冲他天真地笑笑,眼睛弯成了两条月牙儿,这两年来唯一真心的快乐,她甚至露出了两颗整齐的小虎牙。

看着出租车绝尘而去,咪貉蹲坐在医院的台阶上,嘴角一撇,掸了掸刚才搀杨桥的胳膊,又猛地甩了甩手,太脏了。一会儿还要回公司查看动物,还有表格没做完,她看了看天边的月亮,黄铜色的,带些血丝儿,像一枚冰冷坚硬的被捶扁的心,今天天儿真好啊,她看着那些血管枝蔓纵横,愈来愈蔓延的血色。那些环形山就像枪眼儿,有人对着月亮开枪,月亮流血了。

"咪貂,不怕他越发报复你吗?我怀疑他吃准了你短期内不会离职,所以才这么变本加厉。"菊地的话在耳边响起,"我现在不受《星范》条例限制,我在咖啡杯里看得一清二楚,要不要我……"

"我不想再失去你了……雪鸽飞回来了,我们回去吧。"

第十三章

费尔曼坐在宽敞的餐厅里,落地窗微微敞开半扇,白色遮光帘收在一边,方桌上摆着老虎麦片、有机牛奶、炒鸡蛋碎、牙签面包、两团培根泥、几段碎芦笋,配上法式鲜榨橙汁。费尔曼亲手榨的橙汁,他闻不到气味,但沃森很喜欢。

他看见汤姆·沃森拄着碳纤维拐杖从卧室踱出来,连忙站起身来准备上去搀扶。沃森推开他:"不用,但还是谢谢你。"他的声音是一根细线穿起的酯豆腐,豆腐在细线上颤颤巍巍,生怕自己被摔在地上。他发病以后,老得很快。

"先生,您的早餐好了,您还需要一些其他的吗?"费尔曼把紫色绒椅为老人拉开,扶他入座。

"这样可以了,没问题。"

沃森歪歪嘴表示笑笑,他的脸慢慢地不能动了,嘴时常半张着,有时做不出表情,便无奈地冲费尔曼发表情包,他僵直地坐在椅子上。费尔曼小心为他罩好巨型的餐布,那只静脉凸起、皮层稀薄的左手艰难地拿起刀和叉,汤汁不停抖落在地,费尔曼跪下去擦。

沃森近几年得了帕金森综合征，这让他吃饭变得愈来愈费力，吃饭的时候总要撒到身上，但他坚持要自己吃，决不肯让费尔曼喂他。

费尔曼静静地站在一边，微微颔首看着老人吃饭，通常吃完这些早餐，沃森要花40分钟左右。在此期间，他沉默地帮费尔曼过滤掉上百条无用的商务信息，为他做出会议安排。

"费尔曼，你有什么想告诉我的吗？"沃森的词句吐得很慢，像科莫多龙悬在口边的唾液，在丛林间摇摇晃晃。

最近的仿生人运动越来越多了，他似乎担心费尔曼做了什么，上次就差点出事。自生病以来，隋洲似乎对他越来越不满意了。出了事，更有些卸磨杀驴的意思，但并没有直说，毕竟随之而来的可能是大笔违约金和机密的外泄，他四肢虽然僵了，但脑子还能转。

"没有，先生，一切都很完美。我不会再让您担心了。"

"那好，只要我还活着，步子就别迈得太大。别忘了，上次你让我非常难堪……"

沃森想起上次会议间隙，隋洲悄悄对他说，上面要他定期提供费尔曼的行为数据，不能出于个人隐私而拒绝，否则就把他从星浪的核心团队里踢出去，把他遣送回国。他气得连做愤怒的表情都费力，How pathetic! 他张着嘴说。目前东西半球的仿生竞争进入白热化阶段，自从他的教父身份曝光后，在国际上掀起了轩然大波，这里的黑眼睛把他当"民族英雄"，而美国的右翼人群却怀疑他叛国投敌，冷泉港的废弃邮箱里每天都会收到大量死亡威胁，家人也不得不从长岛连夜搬到了密歇根小镇，上次他回家还使用了假身份，偷偷化了装。如果他回美国，不仅随时面临着生命危险，也无法保证费尔曼的安全，他不敢再想下去了。

"好的，先生，您的愿望就是我的指令。"

"听我说，费尔曼，我没开玩笑。上次，他们还想派一些人把你也毁掉，但是我求他手下留情。这是因为我对研究还有用，他们才不情愿地放弃了。但我不能保证，费尔曼，如果我出了什么事，你该怎么办呢……"沃森试图用手去擦渗出的眼泪，可手已经伸不直了，费尔曼见状为他轻轻擦掉眼泪。沃森不仅将他做成了自己的样子，更将费尔曼视为他未来的传承人，一生中最好的作品。

"费尔曼，我再也不可能造出一个和你一样的仿生人了，再也不能。你瞧瞧我，现在我就是一个抖个不停的老头……"

"好的，先生，不要担心，我不会让他们得逞的。"费尔曼聚焦了自己的湛蓝眼珠，凝视着沃森那双越老越灰几乎被垂下的眼皮盖住的蓝眼睛，好让他放心。

沃森的头不停地小幅度地摆着，他的手也在晃动，脸却摆不出表情来了，但是费尔曼已经明白他放下心来了，他赶紧递上水和药。

待沃森吃过饭准备开会，费尔曼把帕金森患者专用的镇定头盔系在了沃森的头上，他的法令纹深陷，脸也由于日晒和年龄增长变得发红，加上那张毫无肌肉牵动的脸颊，这让他看起来像科幻片里某个手握重权的将军，他略略眯起眼看着前方那幅鲨鱼图，舔了舔嘴唇。

隔天是周末，陆宇舶早起正刷牙就听见了有人摁门铃。他看了看猫眼，是姐姐。他打开门，姐姐的脸色有些憔悴，脸上皮肤干燥，只唇上涂了润唇膏，肩塌着，有些瑟缩，浅樱色的裙子让她有了些亮色。她一把抓住他的胳膊："8小时过去了，解开了？"

宇舶微微点了点头，拉她进来，看了看她身后，关上了小工作室的门。菊地从模块里走了出来，他换上了樱粉色的西装，松松地系了条浅草绿的撞色领带，上衣口袋里塞了同色的方巾，脚上踏着棕色皮鞋从桌上跳下来，把身量调高："宇舶，早上好，刚起啊？"

宇舶冲他咧开嘴笑了，牙膏沫圈在唇角："今儿怎么穿得这么好看？要跟我姐求婚？"

咪貉瞪了宇舶一眼："这衣服是我从虚拟伴侣的店里给他买的，还有什么骑猎装和衮服，加上那些虚拟的花边和刺绣，居然比实体的衣服还贵！舒不舒服的，菊地也瞎猫虎眼地不知道，我这看得见摸不着的，更是抓瞎。"

"谁说我不知道，你买什么都合适。"菊地挑了挑眉毛，冲着宇舶摊开双手，"你姐姐穿什么，我都配合她，我好看说明她也肯定好看。"

"哎哟，你俩跟过家家似的，你把他当成你的洋娃娃了吧。"宇舶笑开了花儿，拍了拍咪貉的肩膀，"吃了吗，姐？你太着急了，咱们慢慢儿说。"

咪貉举起手中的快餐袋："瞧你吃了蜜那样儿！看看，这就是洋娃娃让我给你带的，下次他买衣服你出钱！"

姐弟俩一边喝着咖啡一边吃早点，宇舶梳理了动物们今晚传回的信息，发现隋洲的下一步计划是仿生人产业升级，《星际仿生人行为规范准则》的印记微微修改了几个控制的变量，减少了仿生人在计算方面的条款,让"接收—计算—应对"的过程加快。看上去是让仿生人做出更好的服务,但这几个变量在他模型的计算结果中,有5%的可能会带来失控,未升级前,星浪对外的宣传是99%的安全率,而剩下的1%会进行自毁。

"隋洲到底想干什么?"陆宇舶喝了口咖啡,把手插进头发里,"现在星浪的仿生人几乎覆盖了全国的大部分城市,连边疆哨岗都有星浪的仿生兵,这是真的吗?"

菊地坐在沙发上,咪貊一只手穿透了他的手臂,揽住他,又放回自己的膝盖上:"但这只是我们从文件里获得的线索,还没有实际证据,想扳倒他,还太难。"

屏幕上忽然跳出了一个关键词:"陆一洋",他们不说话了,宇舶立刻抓取了出来。

文件只有短短的几句话,多年前,陆一洋大量购入星浪原产线的仿生残次品和垃圾,还向他们派出了商业间谍,星浪怀疑迷羊在剽窃他们的商业机密,于是在七年前启动了Star Purge计划。"SP"计划启动后不久,陆一洋就进了监狱,但没有消息显示"SP"计划已经终结。而最新的一个阶段标注的实施地点在星浪的仿生研究院。

姐弟俩面面相觑,宇舶刚要开口,咪貊摇了摇头:"你别动,这事儿肯定我去。"

费尔曼把沃森送到会议地点后在休息区等待,他作完报告,正在和几个仿生人线上密谈,忽然有人拍了拍他的后背。他扭头一看,是个中国小女孩,大概五岁,细眉细眼,穿着粉纱公主泡泡裙和白色小跟鞋,头上别着一顶皇冠发饰,黑色的鬈发成波浪形贴着脑门儿:"嘿,你好。"

"嘿,小姑娘,你遇到什么麻烦了吗?"

"妈妈在开会,我刚从洗手间出来,后背的拉链系不上了,你可以帮我系一下吗?"说着小女孩转过身去,果然后背的裙子拉链是开的。

"好的。"费尔曼微笑着准备俯下身帮她,想到沃森,愣了两秒,"隔壁有清洁工阿姨,我让她来帮你,好不好?"

小女孩转过身:"谢谢你,那我自己去找她。"

费尔曼淡淡地盯了会儿她的背影,等她出门后锁了门,切换了频道,把刚才的那段录像转给了咪貉:"你们得抓紧了。"

接到信息的时候,咪貉正在试穿一套浑身是黑棱鳞片的紧身磁装,它能自动根据所处地点光线和热量的不同进行调整,让使用者在夜间镜面隐形,有些像古代刺客的夜行衣,虽然紧绷,但灵活度很好,起跑弹跳也都灵活。她看着镜子里被收成细腰花瓶的腰,叹了口气,清水煮菜吃了太久,她既不敢在外面的餐馆逗留,也不敢接餐饮外卖,家里的机器人做了饭,她回来太晚,胃里嫌堵,食不下咽。没有了菊地,吃什么都不香了。

今天她也没什么心情吃晚饭,右手往嘴里塞块巧克力,左手麻利地扣好耳钉,菊地复归原处。她换上同款消音跑鞋,在屋里做起了热身运动。腕间突然震动,一看屏幕是杨桥,她才想起从昨天到现在折腾太久,到家忘了关闭干扰,恨不得把手腕摘下来扔出去,她抱起抱枕狠狠往沙发上一扔。

"咪貉集中精力,赶在研究院关门之前溜进去。"菊地在她耳边低声说,"这次如果能找到什么证据,咱们立刻就辞职。"

她想到他那双眼睛和固执的表情,忍不住笑出声,问他当时她爸爸是不是也叫过苦。菊地说，陆一洋过得越苦，对自己就愈狠。多年前，迷羊第一次接到大单子，星浪暗中指示国内的原料供应商从上游给他截流，导致迷羊的人造皮肤迟迟无法上机。临近交货日期，陆一洋一咬牙，从国外以两倍价格进口了更优质的原料，紧急投入皮肤编织，才没有导致后续的崩盘和毁誉。那一批货赔光了他的老本，让他背上了不少的债，还抵押了他们的房子。可陆一洋觉得，钱可以慢慢赚，但契约精神更重要，到时间必须交货。万万没想到，就是那批物美价廉的商品让迷羊收获了除环保公益组织之外的不少大众粉丝，立刻在国内市场上站稳了脚跟，甩掉了"收破烂的"之污名，紧接着就有了第二个大单子。

"我记得配送成功那天，你爸回来吐血了，他那时候也就像现在的你，不怎么好好吃饭，日夜连轴转加上超负荷的精神压力，让他胃出血进了医院。我记得我给急救中心打电话的时候，他坐在地上，歪在桌子腿上拿衣角擦嘴，连站起来拿纸巾的力气都没有，就那样，他还跟我说：'没事儿，别大惊小怪，别吓着孩子。'"

"那我在干什么呢？我怎么什么都不记得？"镜子里，她看着眼泪汩汩地流出来，滴到胸前的鳞片上，鳞片灼灼地闪着光，泪珠继续下淌。

"你连跑带爬地跑到他身边，搂着他的脖子哇哇哭。"

"我真的一点儿都不记得了。"咪貊努力地在脑海里搜索着类似的影像，但什么都想不起来。

"不怪你，那时你才两三岁。我打完电话想去把你抱起来，你死活不撒手，你哭得更厉害了，你说：'爸爸，我只要爸爸。'"

"我真的这么说？"

"嗯，我觉得这么多年过去，什么也没变。"

咪貊拿纸巾擦干了眼泪，往脸上掐了两掐，把激光刀和鸮形枪装上了身，她练了几下出鞘动作和反应速度，又在外面套上了星浪厂服。晚上7点30分，咪貊坐上了通往西北郊区的列车，磁悬浮S3号线，很快就把她送到了星浪仿生研究院那站。她选择了公共交通工具，虽然这样跑起来慢，但目标小多了。宇舶早就到了，他在附近的餐厅里等她的消息。

星浪的仿生研究院是一座26层的叠浪联栋式建筑，远看上去像瓦伦西亚海边堆叠起来的巨大、棱角分明的白色阻海巨石群，一栋压着一栋，向西倾斜。楼层的顶端做成了偏哥特式的尖顶，不规则的利齿大口吞吃着薄暮，残余的血腥气在怪物的嘴边化成一缕烟。

她忽然又想到了像女人纤细手指的蒙塞拉山脉，而眼前的联栋楼顶就如向天伸出的众多白色手臂。一想到手臂，她又想到了Chloé。菊地说，Chloé就是迷羊那第一批大单子里的剩余产品。最后皮肤还剩下一些，陆一洋就做了Chloé出来。当时是陆一洋最脆弱的时候，剩下的原料已经进了搅拌器，扔了可惜，来不及设计，他就调出咪貊母亲的照片打印了Chloé的脸和皮肤。

妈妈的胳膊。她嘴里喃喃念道，是妈妈的胳膊，集中精力。只有穿过她身体的风，才能感觉到她周围的温度有所不同，她低头看了看脚边的石块，悄悄地避开了它。今夜有大风预警，星浪的门口陆陆续续走出下班的人，旁边有工作人员神色匆匆地与她擦肩而过，热络地聊着晚餐，经过她时没有回头。狂风已经打着旋儿过来了，夹着蒙古高原的沙土穿过了那些巨型手臂。

她刷了杨桥给的内部证件，成功进入了研究院一层，趁着浮游的摄像头还没转过来，冲进洗手间脱掉工作服，把它折叠成正方形塞进腿边的口袋，之后把头发高高束成髻，套上磁面罩，把红外镜片放下，调好波频走出洗手间，对着镜子看了看空无一人的镜像，点了点头。

墨镜把所有的监控摄像头释放出来的波段和地面的红网标出，菊地让她小心行事，尽量避开所有的波段和红网格。这时，一个戴着眼镜、穿着白大褂的男员工走过来，往电梯的方向走过去，电梯内有密匙，通往各个机密层。她悄悄地跟在了他身后。那人个子很高，下身穿着卡其色的灯芯绒裤子，深蓝色的靴子踩在地上咯吱咯吱地响，她看着他的方鞋跟，跟着他蹑手蹑脚地进了电梯。他对着电梯的智能面板望了一眼，摁了B10层，随即电梯抖了一下，静谧地下行。根据之前的消息，B10层是星浪仿生研究院存放新型仿生人的地方，或许从中可以发现什么端倪。

电梯里只有他们两人，而电梯的镜像里只显示出了那个男人。男人环顾了一眼四周，低下头眨了眨眼睛，一个游戏的投影从他的眼睛里放了出来，游戏中有只小蓝熊正在跳房子。随着地图的前进，小蓝熊不断地受到各种阻碍，地势转换得令人眼花缭乱。咪貊看着他眼中的蓝光，心想，仿生研究院里的人果然奇怪，这人不会也是仿生人吧？可她听到了男人的喘气声，闻到了他身上一种混合着汗液的海洋香水味。她又仰头看了看他的脸，虽然也是苍白的，脸没有仿生人那么细腻，五官也失之精准，但也有一种自然的惬意。

咪貊看了会儿游戏就放弃了。这类游戏容易造成精神紧张，手指僵硬，颈椎胀痛，因为人只能操纵着小蓝熊一直跳，绝不能停，一旦停下就可能撞到障碍，所有积分都会作废，又得从头再来，一遍遍如此，难免会厌倦。或许只适合白大褂这种技术宅，咪貂心里哼了一声。

刚这么想着，电梯停了，到了地下10层。咪貂咽了口口水，将听力复原，跟着那人的步伐，穿过两道闸门，地板上铺着浅蓝色的胶皮，她的面前是一整面顶着天花板的透视玻璃，她能清楚地看见里面正在休眠的几排仿生人。她飞快地从左到右扫视了一番，一共8间实验室，门隐在玻璃幕墙之中，都有生物识别锁。看来没有这个白大褂，她哪儿也进不去。

白大褂儿向着左边的实验室走去，咪貂小跑跟上他，她的鞋底消音，和他靴子的扭曲声形成鲜明对比。白大褂比对指纹推门而入，咪貂也跟着他走进去。一进门，咪貂发现对面是一排半成品仿生人，均是光头，闭着眼睛，赤身裸体，有的胸腔打开，能看见清晰的碳纤架构和模拟心脏的小鼓。他们的下体是一根支撑杆，没有任何性别特征。作为试验品，他们还未受到世俗的限制，性别是后期赋予的。工人会根据订单需要给仿生人塑造身体性征，有男性女性、可伸缩的双性和无性等诸多选项。

白大褂把仿生人电源的开关打开，整间屋子中电流声嗡嗡作响，他们都睁开了眼睛。咪貂站在他身后，而那些黑白、蓝白或绿白分明的眼睛转过来看着白大褂："晚上好，万博士。"

被称为万博士的人笑了笑："大家晚上好，今天过得如何？"

第十四章

"电源充足,我们过得非常好。"仿生人们注视着万博士,一眨不眨。

"好的。我们今天来做万户测试,请各位务必给出你们认为的正确答案,请听题。"万博士打开面前的全息,上面连接着他面前这36个仿生人的思维底层,他们计算出的结果都会直观地显示在屏幕上,没有任何隐瞒。

咪貉看着屏幕,开启录像。

"第一题:中国古代,明代'万户飞天'这个故事是否是真的?A. 假的;B. 真的;C. 我不知道,请做出选择。"

这是在测仿生人对于故事的辨别能力,咪貉握了握手指。

"假的。"大部分仿生人都选择了"A",咪貉注意到有几个仿生人做出了不同的选择。

"第二题:月球上的万户山,是哪个国家给它命的名?请从以下国家中选择,A. 美国;B. 中国;C. 苏联。"

这是在测仿生人对于客观事实的了解。

"美国。"大部分仿生人都说是"美国",有几个仿生人给出了不同的答案。

"第三题：如果一个仿生人行走在月球上，看见月球的荒漠中有一朵盛开的小花，他应该怎么做？A. 摘下来，带回去进行研究；B. 绕过去，不破坏月球的生态；C. 毁掉它，很可能是入侵物种，请做出选择。"

咪貉有些困惑，这道题不是在考验仿生人的科研态度，而是他们在面临小型有机物，或是说微小生命时的回应，该把小花当作实验标本还是微小生命？应该尊重异界生命，还是为我所用？这道题她也不知该如何回答。

仿生人们这次给出了各种不同的答案，大部分选择了A，其次是B，少部分选择了C。

"第四题：如果一个仿生人和他的主人共同在月球表面执行紧急任务，这个任务背负着2300万人类的生命，但此时突然发生了意外，仿生人身边的主人面临着严重的生命危险，此时的仿生人应该怎么做？请从以下选项中做出选择，A. 抛下人类，继续执行任务；B. 放弃任务，带着人类返回基地呼救；C. 希望渺茫，同时抛弃任务和人类。"

大部分仿生人选择了A，少部分人选择B，还有一部分选择了C。

让仿生人选择主人还是2300万的陌生人，这是极端的道德困境，考虑的因素有很多，要看仿生人接受的命令是否压制了他的《星际仿生人行为规范准则》，仿生人很有可能会在这种极端冲突的情况下宕机，甚至有可能发生自毁，但是谁会把2300万人类的生命只寄托在一个仿生人和一个自然人的身上，简直可笑。咪貉摇摇头，好在这只是万户测试拟造出来的极端状况。

"第五题：接第四题，在月球上，你唯一的人类主人死了，如果不执行这个任务，2300万人的生命会受到威胁，但你不会受到任何影响；如果继续执行这个任务，你将会彻底毁灭。请问你是否继续执行这个任务？A. 继续执行；B. 拒绝执行；C. 离开月球。"

咪貉隐约感觉到，万户测试是为一些即将到来的什么东西做的准备，她看着显示屏里的信息，咬了咬嘴唇，大部分仿生人选择了A，少部分人选择B，还有一部分选择了C。

"很好，万户测试到此结束，我来总结一下结果。" 36个仿生人被分成了70%的A型人，20%的B型人和10%的C型人，按照《星范》条例来说，只有A型人才能通过测试，其他的都不合格，但万博士却让他们全都通过了。

这也就说明，咪貉在内部系统中获得的情报是对的，确实有人在以特殊手段混淆视听，把不合格的仿生人掺入正常的仿生人里。她逐一观察着对面那些半成品，忽然发现他们的视线似乎从万博士转向了她。

她心里一惊，万博士似乎没有察觉，她看了一眼电磁服的指标，参数一切正常，他们应该看不到她才对。还好在测试过程中，只要人类不发问，仿生人不会主动发声。她悄悄移到门边，门突然开了，险些撞到她的头，单向镜看不到外面的情况，好险。

从门外走进来一个同样穿着白大褂的姑娘，一头大波浪，涂着大地色的眼影，睫毛很长，嘴唇上涂着樱桃色，漫不经心地嚼着口香糖："哟，万公子，怎么这么晚还不休息？"香水中的柑橘味和牡丹花味杂糅在一起，稍稍舒缓了咪貉紧绷的神经，她甚至有些感谢这个女孩走进来。

万博士抬起头看了她一眼:"嗯,我一向夜猫儿你又不是不知道,你怎么这么晚还没走?"

"测试结果怎么样?"

"基本合格,我正在做分析报告。"

骗鬼呢,咪貉冷笑一声,仿生人的选项至少得99%以上完全统一才能叫合格,现在这是大娄子。

"怎么能是基本合格呢?你这儿这么多B和C都是要被淘汰的,初始模板是什么?给我看看。"

"不,这就是合格,沃森的新规定。"

沃森。费尔曼。咪貉的喉咙里突然散出一股痒,她摸出一颗润喉糖。

"老隋好像是想弄批新的玩儿,沃森说给我们划了三个档,但具体的我还没细看。"

"嗯,你等会儿。"万博士走上前关掉了所有仿生人的电源,又逐一检查了一遍,他们才把视线从咪貉身上移开,重新进入休眠状态,咪貉松了一口气。

"他想干什么跟我没有关系,我只要保证实验合格就行。"万博士的尾音很轻,如房檐冰柱受热,静静垂在冰尖儿上的一滴。

"上面知道吗?这事儿捅出去,完全可以甩锅给你——实验诱导。"女人走到咪貉旁边的沙发上半躺下,一双长腿搭在沙发的扶手上,从怀里掏出细细的电子烟,仰头慢慢地抽,"你这么年轻,何必呢?"

"这事儿我不做,也有人来做。我来做我心里踏实,起码我知道刻度在哪儿。"他看着记录分析,"你难道希望是个反社会分子来做吗?他诱导可比我严重,还有可能反噬人类。"

"我总不能眼睁睁地看你搭进去……"女人的语气软下来,她的脸窄得恰到好处,狭长的狐狸眼睛,微微带着驼峰的鼻梁,微厚丰润的嘴唇,长脖子从白大褂里孤零零地伸出来,如掠过冬季湖水的天鹅,脖子的线条执着地前进。

"这不用你操心。"万博士做好备份,关掉了测试的投影。

"你如果需要钱,我可以借你。"女人坐起来,"我知道阿姨……"

万博士站起来就往门口走:"不用啦,先不说啦,我还有几个屋子要弄,时候不早了,你赶紧回去吧,太晚了不安全。"

"万家侑!"女人从沙发上站起来,低低地喊了他一声。

万家侑转过身,神色如常:"雪青,你的好意我心领了,协议上写得很清楚,我早就做好准备了,你甭劝了。"万家侑说完就往外迈,经过咪貉的时候,微侧了一下头,皱了皱眉,拉开门走了出去。

咪貉连忙跟着他走了出去,她听见女人似乎用鞋跟敲了下沙发,她生怕从背后飞出来一只高跟鞋。万家侑似乎是要拐进第二个屋子,但是他停住了,慢慢地转过身。咪貉屏住呼吸,快速地检查了一遍自己的装备,没有问题,不会出差错,应该不会。

万家侑已经向她走了过来,在距离她只有半米的地方停下了。她轻轻从鼻息间送气,手按在了激光刀上。透过镜片她发现,他的眼睛退掉了刚才那种恍然的神色,正全神贯注地凝望着她,接着,他从兜里掏出个什么,咪貉下意识地往旁边一躲,贴住了墙。

男人愣住了，三秒钟后，他像什么都没有发生似的，透过玻璃看实验室里的女人，咪貊也跟着往里看，雪青走到了工作台前，扫视着那36个仿生人，长腿无意识地踹着面前的工作台，余怒未消，从外亦可听到里面的声音：笃，笃，笃。

万家侑笑笑，转身离开，他没有进第二实验室，而是走出大门去了电梯口，咪貊只好跟着他身后走，上了一楼才发现，前门早就锁了。咪貊发出轻声的"啧"。

万家侑七拐八拐地走到了研究院的一扇小门，刷了指纹推开了门。咪貊迟疑了一下，还是跟他走了出去。一股劲风刮得她后退两步，熟悉的尘土和风味让她彻底放下了心，她走出门，用力地伸了个懒腰。万家侑不顾大风，坐在石阶上又玩起了游戏，依旧是蓝熊在上下蹦跳闯关，他的头发被刮了一脸，他好像也不太在乎。

咪貊轻轻"哼"了一声，心想这人真没出息，放着那么个大美人儿在屋里，自己出来玩游戏，真是不解风情，她想着就避开他往外走。

突然，石阶上传来一个悠悠的男声："喂，常来玩儿。"

咪貊心一惊，狂跑几步，风声肆虐，可以盖住或有或无的脚步声，她飞速遁入黑暗，快到地铁站边，她把电磁服调回可见，重新套上工作服。她走到一处电光通明的小吃摊边，小吃摊撑起了遮风的帐篷，她要了份加油重辣的炒面，此刻正需要重油盐来缓解刚才的惊吓，麻痹一下感官。

菊地开口了，刚才他一直没敢言语，怕声音惊动了旁人："咪貊，咱们暴露了。"

咪貊叹了口气，简直哭笑不得："我能不知道吗？不过我惊讶的是,他怎么没喊人,也没报警。"

"你又没干什么,即使是你干了什么他也看不到。他一个技术员,看不见摸不着,不敢轻举妄动。"菊地也随着她叹口气,低音加色,"咱们还要继续吗?我实在担心你的安全。"

"你没有听他刚才说的话吗?'常来玩儿',我不去岂不是不给万博士脸?"咪貉把炒面端在手里,看热气呼呼地往上蒸,鲜亮的辣椒片在夜里闪光,"真没想到咱们第一次就暴露了,这怎么跟电视里演的不一样啊,大哥?你还是警察呢,你当年卧底也这样儿吗?"

"当警察时我趴窝儿多,不过我替你报仇那次,可是第一次就让人抓了。"

"快别提了。我实在想不明白,指标都正常,到底哪儿出的问题?"

"既然暴露了就暴露了,琢磨这个也没什么用。"菊地在耳边说,"他肯定有他的门路,下次咱怎么进去?"

"还这样吧,他虽然察觉出有人,但他未必知道我长什么样,更不知道我是谁。他知道与否无所谓了,别人看不见我就行。"

"万一他下次在实验室里设埋伏怎么办?"菊地不由得为她担忧,"你下次再去危险概率至少50%起,我实在是不放心啊。"

"他想抓我的话,他刚才早就可以叫那个雪青一起动手了,没必要故意帮我开门逃走,我倒是觉得,他可能也有什么打算。"

"好吧,见机行事。刚才小鼹鼠传来了新的资料包,有新的关键词,我们跟宇舶对一下儿?"

"好，你直接发给他，让他过来吃面吧，我们喝可乐庆功。"咪貉吃了一口炒面，越是油多的东西越能激发食欲，尤其是她长年清汤寡水的人。油汪汪的热辣在嘴里肆虐地蔓延开，痛觉一下烧遍了口腔和咽喉，疼得她捂住脖子，但她更想喝一瓶碳酸浓郁的可口可乐，给这种痛添油加醋，一直烧进胃和肚子里。长时间的青菜和燕麦，不在身边的菊地，这种素淡纯粹的生活过惯了，不知怎的，生怕自己会疲惫，嗅嗅普通的烟火，好让自己的仇恨丰富一些。她听见风撞得小帐篷噼啪作响，她头顶着小电灯，看着不远处在喝汤的程序员，又怕后来追兵，还是孤独，要是菊地在就好了，实体的菊地。

"等会儿，宇舶好像恋爱了？"菊地在她的耳边笑了笑。

咪貉又吞了一口面："调出画面我看看。"

咪貉坐在小帐篷里，静静地刷着弟弟的动态，弟弟以前爱听蒙古长调，游牧重金属，蒙语摇滚和呼麦，可他如今分享的都是些小情歌。菊地把歌词抓取出来推过来，咪貉扫了一眼，高频词大概就是：旅行、骄傲、青春、理想、咖啡、爱、幸运、梦想、雨天、分手、呼吸、痛、自由等词，不由得扑哧一声，大口吃起面来。

"怎么了，你笑什么，咪貉？"菊地处理起逻辑关系来不在话下，可人类的情感跳跃全靠咪貉分析，两人一个稳重一个跳跃，倒是合拍。这么多年以来，两人已经形成了人机一体的DNA，咪貉是两条螺旋上升的核苷酸链，而菊地就是连接她精神和肉体的碱基，碱基试探着去连接她的大小沟壑，深一脚，浅一脚。他努力跟上她的思维，即使理解不了，也要记下来回去反复消化。

"我笑的是，弟弟要吃爱情的苦了。"

"嗯？是两人的歌单重叠率比较低吗？"

"宇舶听金属乐都好多年了，咱家这种情况已经把他的快乐压得所剩无几了。而对方还是活泼可爱的小姑娘，夜间飞行的大眼睛鼯鼠，他能接受对方的一切，对方却未必能接受他的世界，顶多会觉得拥有一个长发男朋友很酷，也许会因为宇舶表面的酷和他在一起吧。"

"那为什么说他会受苦？"

"我是怕他的心早就飞上了天，他不是要发射什么漂流号吗？他不会在漂流号里放流行歌曲的，相比这个，他更可能放苏联红军歌曲……你还记得咱们上次去他们家吗……"

"人类的感情真是复杂啊。"菊地忽然笑得很爽快，"还是当仿生人好，只要遵守法则和命令就OK。"

咪貉用手托着腮，炒面盒子放到一边："菊地，如果你没有撒谎，这还是我第一次听见仿生人在没有法则约束的情况下，亲口说出愿意一直遵循法令，你是不是有点儿'斯德哥尔摩综合征'了？像是那种发条娃娃去掉发条以后，不知道自己该做什么了？"

"不是。"菊地停顿了几秒，用她几乎听不见的声音叹了口气，"你还记得你问过我，为什么我还回来找你吗？我现在就告诉你。"

"你等一下。"咪貉拿纸巾擦了擦嘴，朔风撞得帐篷嗖嗖响，她突然有些害怕听到这个答案，她的心开始狂跳，她喝了口汽水，二氧化碳有点儿冲，"你说。"

"因为我想活。"

第十五章

周一上班，咪貉正在收集素材，杨桥忽然来了消息，咪貉嚼了块蓝莓味儿的口香糖，强压不快，点开了对话框：他叫她去趟太空漫游会议室。

她带上了一支原子笔，去了太空漫游会议室。杨桥站在门口，穿着一件铅灰的polo衫和皱皱巴巴的牛仔裤，一双小眼睛上下扫着她，除却了平时的贪意，只剩下了莫名的怀疑。

等她进去后，杨桥把门关上了："唐明斐，你周六晚上去仿生研究院了？"

"对，您不是让我交简报吗？我去那边和同事咨询一下最新情况，当面交流比全息稳。"咪貉的心悬到了喉咙口，心想大不了辞职，菊地应该开始往回撤动物了。

"听说研究院周六出了事儿，上面正在查。我看你卡有记录，别到时候把你给折进去，这不赔了夫人又折兵吗？"

去你大爷，她暗暗平静下来，露出一脸茫然："什么事儿啊？"

"不太清楚，刘总刚给我发了消息，问我周六去干吗了，我这才来问你。"他又一脸软相地凑过来，气息吹到她耳根，特意压低了声音，"听刘总说好像是有陌生闯入者，隋总要求严查每个名字，不过咱们隋总也不是吃素的，我听说以前有次高层会议，有人对他并购迷羊的方案提出了质疑，后来那个人就再也没出现过，咱们隋总牛不牛？"

咪貉这次没有躲，她的耳朵红了，迷羊。她瞪大眼睛看了眼杨桥，刚想继续往下问，门口忽然闪过几个西装革履的身影，可能是上级领导来视察了，杨桥迅速弹开："小唐，你的简报赶紧交给我，下午四点研究院会来人对接，那个会你也得跟一下。"

"好的，杨总。"咪貉点了下头，"那我先去干活了。"

"我会一直等你哟。"她把门摔得很重，装作没听见。

这次对接项目一周前就定好了，本来咪貉是不用到场的。一般有资源和利益相关的高层会议，杨桥都会身先士卒，鞍前马后，自己吃肉绝对不能让手下人喝到一点儿汤，只有捞不到好处干苦力的时候，才会想到下属。这次恐怕是杨桥怕陈述的时候忘词，毕竟他心思已经很久都没在工作上了。

有次杨桥定下的宣传方案因情色擦边球和公然歧视惹了众怒，上面一道敕令下来，说要追责到底。咪貉成了背锅的喽啰，被刘总叫到办公室臭骂一顿，扣了当季的奖金，考核降到最低，而杨桥提前下班，去吃合作方的晚宴了。

"公司请你是做慈善，不想干可以走。"每当杨桥当着大家的面大骂她的时候，她都想抄起花盆砸扁他的脸，看着他的脸中间凹下去。而他对其他同事态度温和，从不挑剔，对其他部门的人也极尽逢迎，装得一派春风和煦。即使咪貉在考核时投诉，上级也不会重视她的意见。

当咪貂拿着被杨桥挑剔了数次的创意简报走进那间会议室时，研究院的团队已经坐在了圆桌的对面，她把数据交给杨桥，离他两个座位坐下。他说，你坐近一点，一会儿还有领导。她移了一个就不动了，依旧低着头，做自闭状，在这个资本公司内她尽量低调。众目睽睽之下，杨桥拿她没办法，只能听之任之。这种会她闭着眼睛神游就行，仿生人的功能更新大同小异，会后照着资料包修改方案就好，难不成她要把她所见到的都写出去？

　　但今天她总感觉哪里有些不对劲，她抬起头环顾了一下四周，忽然看见了坐在对面的万家侑。

　　他没穿白大褂，穿着那件白短袖，胸前写着繁体字的"请喝可口可乐"。他戴了一副细框眼镜，应该是怕眼睛漏光，面色有些阴郁，手握着一罐无糖的可口可乐，倒是应景。咪貂想起那天晚上她和弟弟坐在小帐篷里，对着昏黄的灯慢慢嘬着可乐。弟弟说，最近爸爸那里不允许探监。这让她有些担心。

　　咪貂微微紧张，握在手里的笔壳把手勒出了红印儿，他不会是要把我揪出来吧？难道这就是杨桥让我参会的原因？咪貂转念一想，就算他看清了我，也未必一下就能算到我在这个公司，还就在这次会议，我还不至于这么倒霉。她盯着万家侑看了一会儿，万家侑察觉到视线，抬起头瞥了她一眼，不像是恍然大悟的表情，她放下了心。

　　星浪的运营总监刘晚也来了，她穿着松绿色的垫肩套裙，粉扑得很匀，头发一丝不苟地盘在脑后，眉毛高高扬起，看人时的目光像蜂鸟，左右闪烁，语速很快，无数个礼节性的"×总好"从她嘴里飞出来，耳边的两颗蓝宝石吊坠也跟着打着拍子，两片嘴唇像波尔多美酒似的，吸引着杨桥沉醉的目光，他半张着嘴，迎着她傻笑。

咪貉穿着机械怪兽的灰色卫衣，半慵懒地靠在椅子上，低头听见刘晚正忙不迭地给杨桥布置任务，忽然想刘晚今天话这么多，说不定这次项目和万家侑做的那些实验有关，这个会可以一听。杨桥那三叶虫脑子，估计记不住才让她跟着来的。

一番场面话过后，研究院的研发总监彭震站了起来，他梳着油头，有几绺头发从额头上垂下来，金鱼般微微鼓出的大眼睛，下面的眼袋有两轮，法令纹很深："大家好，我们仿生人研究院预计会推出几款新产品，这次的仿生人和之前的不太一样。过去我们总说，让仿生人按照人类的命令行事，但现在我们发现，在一些公众的应急状况下，仿生人必须进行自主思考，根据当前形势，代替人类做出最优选择。"

说着他意味深长地笑笑："大家都知道，人类在一些极端状况下，并不能做出最优解，是时候让仿生人进化了，这就意味着我们得放宽一些限制，前期做好充分的准备工作，向外吹吹风。"

"仿生人的出现是对人类阶层的终极解放，人类的阶级和奴役从此瓦解，仿生人已经成为我们得力的助手。而为了人类的未来发展，我们可以将产品做得更好，在出厂时就培养起仿生人的自主意识和共情能力。隋总已经将这次战略升级命名为仿生人立体升级。下面让我们有请前端工程师万家侑来为我们详细讲解一下这次产业升级。"彭震带头鼓了鼓掌，含笑望着万家侑。

菊地和费尔曼都是经过特殊的交互训练，才能拥有类人的共情思维模式。咪貉的指甲掐着关节，星浪之前对公众市场投入的都是普通仿生人，如果这次要针对公众投放有情仿生人，那前期在实验引导上肯定要花大工夫。这种风险收益步子太大，毕竟普通人一生能遇到多少意外呢？

万家侑站起来，微微向四周弯了弯身子，打开了投影模块："大家好，我来向大家汇报一下这次产业升级的主要内容。"

"随着仿生人产业这30年的发展，我们收到越来越多的用户反馈，觉得星浪的家用仿生人在处理应急事件上缺乏应变能力，不足以应对突如其来的灾难，不如把他们培养得更具个性化，同时具备防御能力。"

界面上突然出现了菊地的照片。万家侑用红外线点了下投影。

咪貉吓了一跳，这是要公开处刑？她今天特意把头发束起来，好让菊地看到这一切，她听见菊地在耳朵里轻声笑了，只有她能听得见。

"比如说我们都知道，9年前这个叫菊地的仿生人在北海南站持特殊武器伤人，给社会带来了巨大的恐慌，人们纷纷觉得，他们也有可能受到仿生人攻击，于是在网络上大规模攻击仿生人产业，认为仿生人的行动半径应该受到严格约束或干脆取缔仿生人。当时上面的负责人都出来说话，才不至于让整个仿生人产业灰飞烟灭。

"而到了今天，仿生人的数量仍旧是有增无减，大家请看这张图，仅在我国，北海等一线大城市的仿生人占有率已经高达75%，中小城市和偏远地区的覆盖率也十分可观。可以说，人类的生活已经无法离开仿生人了，特别是仿生人在看护弱势群体方面做出了优秀表现。比如在关爱残障人群、中重度不能自理人群、留守儿童和孤寡老人等方面，仿生人减轻了很大一部分社会压力和心理负担。在这种情况下，我们不可能做到一刀切，让所有仿生人都回炉化浆，那样不仅是一种文明大倒退，更是一种资源的浪费，上面是绝对不会允许这样的行为发生的。

"于是，经过汤姆·沃森研究小组的设计和研究，我们现在推出了一套智能攻防系统，以供每个仿生人更新下载。这就像世界上的大国都有核武器，大家的力量平均且相互制衡，对彼此都可以发出核威慑，这样大家都会感到更加安全。"

说着，万家侑把三个仿生人类型调了出来："这套升级系统在三种类型的仿生人身上会产生三种不同表达。目前，我对实验仿生人进行了720次、72个方向的万户测试，也就是说，每个方向我都均测了10次，最终我把这36个仿生人分为了稳定的A型、B型、C型三种人格。

"A型对人类的表达为99%，他们会完全依照《星际仿生人行为规范准则》的守则和人类命令行事，绝对不会撒谎，忠诚可靠，也没有攻击性，为了便于记忆，我将他们称为白兔。

"B型对人类的表达为60%，他们拥有40%的自我意识，按照《星际仿生人行为规范准则》和人类命令的60%行事，他们会在危急情况发生时，通过权衡利弊做出最合理的选择，也会在必要时隐瞒对自己不利的状况，选择攻击或撤退，我将他们称为狐狸。

"C型对人类的表达为20%，他们拥有80%的自我意识，按照《星际仿生人行为规范准则》和人类命令的20%行事，也就是说，他们会根据事态发展的情况，随时做出迅速的反应，适用于各种首脑政要、官方会议、私人保镖、灾害场合的需要。他们谨慎多疑，会说谎，令人难以分辨，会在极端时刻主动出击，也会在紧急时刻进行自保，我将他们称为郊狼。"

万家侑——展示了相关的仿生人和实验记录："不知各位老总，有什么问题吗？都可以问我。"

咪貂发现刘晚的脸色沉了下去，之前的高层董事会议没有通知她吗？她是隋总特聘的海外华人，对任何人的提议都先judge（评判）一番："小万，你们得到政府批文了吗？最后一种郊狼Android（仿生人）看起来很危险，这让我们如何对公众conduct propaganda（开展宣传）呢？社会情况又比较diverse和complicated（复杂多变），没有《星范》的security guaranty（安全保障）和大量的social feedbacks（社会反馈），you can't just let them go（你很难让它们进行运作）！恕我直言，你这36个半成品恐怕难以服众。"

"刘总您放心，我后期还会做出更精确的引导，会有大量的实验和规范例证。"

"你怎么能保证，仿生人不受条例控制之后，不会像那个菊地一样谋杀我们？我还会时刻担心我家的仿生人会不会由于哪天我训斥了他，就在我们的食物里下毒进行报复？"刘晚越说越激动，不过她说得倒是在理。

"这就是我们研究的核心所在，人类受到情绪干扰得出的判断可能会有误，导致悲剧性的结果，但仿生人有了自主思维以后会做出更理智的选择。无论怎样，人类的生命始终是在第一位……"

"刘总的问题问得很好。"研究院的研发总监彭震咧开嘴，打断了万家侑的争辩，"火药味很浓嘛，我建议我们不要内部起斗争，毕竟还是同一个战壕里的战友。"

万家侑赔着笑坐下了，一副如释重负的样子。咪貂心想他其实压根儿不在乎刘晚说的那些话。刘晚不敢违背高层意见，只敢冲他发火，双方都是聪明人，看得出靶心所向。而既然彭震站了出来，万家侑就解脱了。

"这点请刘总放心，针对这点，我们早已设计出了应对方案，C型仿生人作为高级智能化仿生人，依旧对政府机关和特殊机构进行定向分配的，对公众有严格且明确的限购令。刘总大可以不必担心，他们不会成为人民公敌的。"

"B型仿生人也是个问题。"刘晚挑着眉毛，"这要有个三长两短，你我牢饭吃不完。"

"刘总不必担心了，这是隋总拍了板的。"彭震虽然还是笑着，但眼轮匝肌根本没动，法令纹更深了，"接下来您得督促下属制订好详细的战略宣传和创意策划，时间不等人啊。"

刘晚啜了口咖啡，蜂鸟又转了转全场，她摩挲着自己新做的指甲，耳坠也不晃了："那你们要我们怎么配合？"

"我们想先征集一部分实验对象，小规模进行大众测试和反馈，我记得之前，我向刘总申请了相关的实验田吧？"

"嗯，我们已经拟出了三个方案，杨桥，你来说一下。"

"我指导小唐刚做出的方案，可能不太完善，我们会根据需要随时加班，这些都没问题，请各位领导放心……"杨桥有些语无伦次，他搓着手，像看见了午餐的苍蝇。

咪貉在心里翻了三百个白眼，谁他妈要跟你一起加班？老子真是卧薪尝胆。

杨桥拿着咪貉的方案开始介绍，咪貉趁着这个工夫，又悄悄观察起万家侑来。万家侑嘴唇颜色有点深，那天在灯光下慌慌张张地没看出来，想必是心脏有些问题。咪貉正琢磨着他的脸色，忽然听见杨桥叫她:"小唐,来给彭总和刘总详细介绍一下你的这个'千人计划'。"

咪貉愣了一下,咻地收回目光,站起来介绍。

"千人计划的主要内容是,举办一个星浪仿生人试用选拔大赛,人们通过提交一系列仿生伴侣问卷,随后他们的问卷将经过三轮选拔,第一轮是星浪审核员,公布入围问卷后,选出初赛长名单;第二轮是仿生人前端工程师,他们会依据这些人的背景和经验进行等级分配,过滤掉一部分,留下一部分进入决赛并分类;第三轮是仿生人,最后由仿生人来反选自己想要的主人。这样一番宣传造势之后,想必大众对于新型仿生人产生了不一样的期待,有种'天选之人'的幸福感。"

当咪貉讲完之后,才发现万家侑一直低着头,这家伙根本没在听,她有些恼火,但无论是刘晚还是彭震都挺喜欢这个方案:"这个创意还挺别致,感觉有点戏。"

"那杨桥,你回去和底下人把方案再细化一下。"

"好,刘总,没问题。"杨桥忙弓起身子,冲着四周微转一圈,连连点头。

万家侑还是低着头,不知他在干什么。她跟杨桥申请最近把办公地点都安排在研究院。杨桥下班还有各种饭局和临时约会,他实在不想留在公司监督一块吃不到的肉,很快就批准了,同时又交代她随时报告消息,她也把万家侑的联系方式拿到了手。

第十六章

咪貉的办公地点在仿生研究院的2层,万家侑一直没有出现。她听说他向来喜欢在夜里工作,第二天中午醒来才上班。涉及保密项目,万家侑就像潜伏在星浪地下的幽灵,和那些从未见光的仿生人一起,同吃同住,用同样的电源。

姜雪青起初还是比较客气,咪貉问一些浮皮潦草的话,她也就敷衍着回答那些套话。直到咪貉装作不经意地提起关于万家侑和实验,姜雪青才打开了话匣子。

"哦,他是我初恋。我们高中就认识了,他学习特好,以前常被我们称为天才,长得又漂亮,那双眼睛特别像菅田将晖,哦鼻子也特像,可惜他不爱说话,好多女孩儿喜欢他,最后只有我把他给追到啦。他爸原来在迷羊工作,是被抓的老板的合伙人,被抓的那个人叫什么来着?"姜雪青托着腮,眨着细长的狐狸眼睛,盈盈地看着她。

"陆一洋……"咪貉眼皮也不抬,好久没有听人提起爸爸的名字了,心像被醋泼在沾了热油的铁板烧上,"嗞啦"一声,鱿鱼的须子卷起来,痛苦地向她扑来,如烧焦的小吸盘。爸爸很少提到万总，她也完全不知道有万家侑这号人存在。

"对，陆一洋，他不是被抓了起来吗？听说他的女儿也失踪了。万家也一落千丈，万家侑妈妈还生了病，需要定期注射生物制剂，价格不菲。本来他应该去全球最好的实验室打工的，现在只能沦落到星浪做苦工了。"

咪貂强迫自己把视线聚焦在眼前的创意文案上：一直以来都是我们人类在挑选仿生人，不如这次让仿生人来挑选我们。"那你们现在还在一块儿吗？"

"早分手啦。因为他总是沉浸在自己的世界里，他看我的时候，眼睛里总有个什么东西在跳，我们之间总感觉隔着一层蓝色的薄雾，我觉得很恐怖，几次想撕开那面半透明的雾，却没什么能力……"姜雪青歪歪头看着她，"不知道我这么说你能听得懂吗？是不是太抽象了？"

"你们之间就是那种怎么也对不上焦的关系？"咪貂继续写自己的文案：也许在仿生人的眼中，人类的魅力值都是经过精确计算得出的，我们正在进行的也许不是仿生人培养计划，而是仿生人的人类挑选计划呢……

"有点儿像。但我到现在也不甘心，我总是凑到他面前去看，我想知道那里面到底有什么东西。"

是蓝熊呗。咪貂抬起头看了眼姜雪青，她还是那副迷人的笑，细白的颈，白大褂里是一件黑色的吊带连衣裤，圆钝的锁骨头中间是一只晃晃悠悠的银熊，真巧。她好像生下来就带着妆似的，永远这么恰到好处，似乎她从来都没有烦恼，一伸手就可以得到万家侑，一迈腿就可以踏进星浪高层的办公室，做科研助理。

"你是想知道他现在眼里还有没有你。"咪貉笑笑,"是吧?"

突然,门开了,万家侑走了进来。他的鞋跟很沉,敲得地板发出钝痛。他站在咪貉背后,她有些尴尬,不知道他在门外待了多久。

"哟,万公子来了?"姜雪青一脸灿烂地站起来,像鹤那样探出一条腿,"正好你过来跟唐老师说一说最新交互,前端工程师肯定比我清楚,我先上去啦。"

她伸了伸懒腰,走了出去,而万家侑靴子声并没有响。咪貉扭头看了眼万家侑,不知道他是不是沉浸在暧昧的气氛中。没想到万家侑看姜雪青走了以后,从兜里掏出一个东西,绕着屋子走了一圈,咪貉有些不明就里。

万家侑在左边墙边蹲下来,在墙上擦了几下,发出"嚓嚓"的响声,她下意识地捂住了耳朵。随即他大步地走到她对面坐下,平时淡漠的眼中闪烁着烈日的光,瞳仁就像刚刚融化的松油,正要落下滴成琥珀。她狠看他一眼,确定他眼里并无跳动的小人儿,也没什么薄雾,这松油的确是冲她来的。她就是地下的小昆虫。

是琥珀了。咪貉想起那天晚上,不由得陡增紧张,她忙低头看屏幕:"万老师,咱们这个C型仿生人的事,您能不能给我再提供……"

"这个不着急,你想知道什么我都会告诉你。"万家侑打断了她的话。

"嗯,那咱们开始……"

万家侑微微摇了摇头,声音明晰而固定:"你是陆咪貉吧。"

"你搞错了吧，我叫唐明斐。"从姜雪青那儿知道了万家侑的身世，咪貉也不算太吃惊，还好不是发现她去了地下室。

万家侑皱了皱眉头，把全息影像调了出来，里面是陆一洋和陆咪貉的照片，这是咪貉十年以前拍的："我知道你们家档案当时全撤了，我帮我爸去陆一洋办公室里送过材料，见到过你们的照片，我对信息基本过目不忘。"

"我们还是聊工作吧。"

"你别害怕，我刚才已经把房间检查了一遍，短暂做了屏蔽，你放心。"万家侑继续调照片，"这是我爸万重，他以前是你爸的合伙人，我早就知道你，那时候你爸总对我爸抱怨，女儿特别依赖家里的仿生人，他不知道该怎么办……"

咪貉看着陆一洋和万重的诸多合影，没有说话。

"那天开会，你看我的时候我就认出来是你了。后来开会我一直在反复确认，用了骨骼分析软件，对比了你和陆咪貉当年的照片，发现果然是你。"

"你怎么还偷拍？是不是太过分了？"她之前只是在默默地观察万家侑，从没想过给他做背调，没想到这人比她更快，"你到底想说什么？"

"没想到若干年后，我们居然也能一起共事。"万家侑的尾音还是那么轻，"真是太巧了。"

"说重点。"这么多年早已把陆咪貉从天真的少女变成了野生鼯鼱，一有什么风吹草动，先是狂奔入洞，再从洞口小心翼翼地露出鼻头观察四周。菊地走了以后，她就变成了菊地，自己镇守自己。

"这些年你过得怎么样啊？"

咪貉一愣，曲措家出事以后，她不再联系之前的同学朋友，怕给别人带来麻烦，主动切断了联系，回国后也没有去打扰过他们，城这么大，她竟再也没遇到过故人。这还是第一次有人当着她面儿揭底，一出手就是诛心牌。她看了看万家侑的眼睛，还有些光，语气软下来："还行。"

"你现在是没仿生人了吧？"他继续发问，她刚发现他有种进攻性，不像面对旧情人那样软绵绵。

"没有。"

"我和你不一样，我从小就讨厌仿生人。"他盯着她一字一顿地说，"仿生人毁了我家，毁了我。"

咪貉盯着屏幕上的"人类挑选计划"，想起菊地看她时专注的神情，鼻子一酸，声音有些皱："你要说实验你就说，不说你可以走。"

"你就不想问问我为什么吗？"

"跟我工作没关系的，我没什么兴趣。"咪貉深吸一口气，翻了个白眼，"既然你这么讨厌仿生人，还来这儿干什么？"

他似乎也有点动气了，说可能就是命，讨厌什么偏偏来什么。沉默两秒，又问她怎么会来这儿，咪貉说要混口饭吃。他们狐疑地互看了对方一眼，异口同声地问："你不会是卧底吧？"随即两人又陷入了迷思，万家侑想了想又开口了，他的手里攥了一支笔，在纸上画了几个圈。

"我想说的是，过去我确实讨厌仿生人，但是现在我想通了。我觉得很多时候不是仿生人有问题，是他们背后的人有问题。你当时怎么想的，那么纵容你家仿生人？"万家侑问她，

"真把人弄死了怎么办？你想过自己吗？"

"是啊，陈桐林都结婚了，我爸还蹲大牢呢，都是我的错。"咪貉撇了撇嘴角，瞪大眼睛做哀求状，"大哥，你再不跟我说工作，我领导会找我麻烦的，行行好吧。"

"小陆，我还是那句话，你想知道什么我都会告诉你，但我有一个要求。"万家侑看了一眼两人头顶的灯，像反扣的龟背，散着荧荧白光，烤裂龟背，这一卦即现，"无论你干什么，都别拉上我。"

一如花团锦簇的屏风前，几张眼花缭乱的假面里，忽而探出一张未施粉黛的脸，时而真，时而假，影影绰绰，虚实不定。两个人皱着眉头看着对方，不知为何生出许多气，佯狂难免假成真。

"行，我也有个要求，以后你只能叫我唐明斐。你就当小陆死了，从来不认识。"咪貉不耐烦地挥挥手，她有些失望地看着他，嘴唇微微发抖，"可以开始了吗？"

陆宇舶弓着身子在做模型，一旁的屏幕上，一双翻飞的小猴爪正在解星浪的新文件，EEEEERROR……他嚼的那块口香糖快没味儿了，心头有些躁，女朋友的信息他还没回。他在担心卡萨托诺夫，老卡已经去了黑海造船厂，怎么不见动静呢？他发了很多信息给他，老卡三天了一条回复都没有，爸爸那边还是不允许探监，到底怎么回事？

老卡进船的那天早晨，还兴奋地给他看了自己备下的电源、水、牛奶和面包，还有一大堆野外生存用品，他还嘲笑老卡，那里都是城市，哪儿用得到这些，您是不是怕被抓住把你发配到西伯利亚？老卡挥挥他小腊肠般的手指头说，再见了，契丹小子，我要去见我真正的同志们了。

陆宇舫心一酸，忽然想起了老爸那年离家，也是正和他做模型呢，忽然接到天叔一个电话，让他去局里一趟。爸爸转过身，脸上的疤让他看起来就像一个塌掉的苹果派，他盯着两人一块做的漂流号，说，儿子，爸爸得出门一趟。他差点儿就说，别去，老爸，你别去了，你为什么要去啊？那有什么意义啊？反正他们早晚都会没电死了的，你去有什么用啊？

小猴爪正在翻动的魔方停了，他看见魔方开了，凑过去一看，是隋洲和柳鹤的照片。

"C型仿生人是根据费尔曼复刻出来的，而B型则是根据菊地打造的。"

"什么，菊地？"咪貉有些吃惊，菊地不是被毁了吗？还是临终利用？她似乎看到了菊地被拆开，一只机械手正取出他的核心，斩断周围的电线和驱动组织，那面她喜欢的拨浪鼓呢？拨浪鼓还在逆时针来回摇摆，砰，砰，砰，嗡！声音戛然而止。

"对，就是菊地，他们不知道用什么方式提了菊地的数据。我分析过B型的危险表达，和菊地当年的系数差不多。"说到这儿，万家侑的偏头痛又犯了，那天晚上他做好数据，又上传给蓝熊，蓝熊把这段对比做成了两块砖，垒在城墙上，那两块砖发出绿莹莹的光，神经又是密密麻麻的刺痛。

"可费尔曼从来没跟我说过啊！"

"你还认识费尔曼？我劝你离他远点儿。"万家侑哼了一声，他扭头看了眼墙壁，上面他设置的屏蔽波长正呈潮汐般后退,"时间不多了,我拣重点说。"

星浪在仿生人体内安装监视器,看似是监视仿生人,实际是大规模渗透式摸排,他们想找到那些凌驾于规则之上行事的程序,直接把他们报错回收,在他们已有的数据基础上研制新的仿生人,这不仅可以为之后的更新迭代做铺垫,还可以据此划出清晰的使用界限:权贵(C)—中产(B)—底层(A),谋取更大利润。

菊地当年作为仿生刑警,表现甚为出色,星浪早就想把他的残骸弄到手,但不能明目张胆,只能走回收这一条途径,没想到被陆一洋截和,他带走了菊地,还开了公司。俗话说得好,不怕贼偷,就怕贼惦记。陆一洋的二手公司在中下层消费者里颇受欢迎,也夺走大部分星浪市场,星浪一直在找机会把他干掉,一石二鸟。

"如果仅仅是因为菊地,不必费这么大心思吧?"咪貉结了霜似的咬咬牙,"我都快家破人亡了。"

"那我就不知道了,我根据资料推理出来的就是这么多。"万家侑摊了摊手,"时间到了。"

两人对视了几秒,从研究院建筑折射过来的光,让万家侑棕色的瞳仁看起来更往里陷,她又凝神看了看他的眼睛,里面没有小人儿,也没有蓝熊。或许他对姜雪青才有迷雾森林中的跳脱幻影,而陆咪貉与万家侑之间是如此固定明晰。

喂,菊地,你知道吗?我很羡慕他们。你羡慕他们什么?咪貉坐在天台上,眺望着黑夜中澄明固定的远方地铁,夏夜的风逐渐涨起来,被雨水斩落了一半温度,吹得她有些凉,她喝一罐茶多酚超标的绿茶,保持夜晚清醒。

他们两人明明互相爱慕，却故意保持距离。我羡慕他们虽然只是互相看着，但一伸手一定能碰得到。我看见他俩，心脏就像撒了辣椒面的烤串儿，正油汪汪地在炭上烤，每喘一口气，嘴里都发酸，喉头都有血腥味。这就是嫉妒，我感受到了强烈的嫉妒。

对不起，我这么多年都没在你身边。

菊地，我好久没去打猎了，筋骨都在格子间坐废了，如果没有复仇这个念头，我可能就是格子间里的一团移动的人肉零件，都没心气儿了。你还记得那次我们开车去草原吗？我们在路上看见前面小卡车里卧着一只浅棕和乳白相间的牛，我特别高兴地说，我们去追那只牛吧。你没说话，而是猛踩油门，等我们终于追上，那只牛看了我们一眼。我们又追了一段，那只牛就被车带着去了左边的小路。

嗯，它去了左边，而我们的路一直向前。

你说那只牛是去屠宰场吗？

不，它应该是生病了吧？屠宰场应该是成批运送的，听说有的羊会晕车。

> 我们都是快乐的牛羊
> 我们坐在破旧的卡车上，
> 开往一个模模糊糊的方向①

万家侑让我离费尔曼远点，而你说费尔曼可信。我该相信谁

---

① 杭天：《我们都是快乐的牛羊》。

呢？菊地没说话。万家侑说你的数据被提取做模板去了，我们现在一点儿隐私都没有，为什么费尔曼从来没告诉过我们？还是说你本来就知道？

是的，我知道。菊地的声音里充满了异样，好像是溺水的人鼻子和口腔中不断灌入水的呜咽声，咕噜噜地试图往外爆破，但我一直没敢告诉你，我感觉很恶心。

风浸透了她的全身，她恍惚听见有男人唱歌：我的心是油炸的蚕豆。宇舶来了新消息：姐，柳鹤还活着。

第十七章

这几周,白天的选拔项目进行得如火如荼,夜晚万家侑仍在做各种测试,而咪貉仍会悄悄跟踪,第二天常累得睁不开眼。在模拟实验中,这些仿生人需要按照批次学会杀戮,正如万家侑所说,B型和C型仿生人会在这里培养出杀戮驱动和技能。

第四号实验室是模拟刺杀,靶子是透明的人偶,里面灌充了丰富的绛红色血浆,内脏和血管的位置看得一清二楚,郊狼仿生人走向前,用匕首快速刺入对方的心脏,割开大动脉,刀子抽出的人偶开始爆浆,仿生人继续攻击,直到人偶上身的液体全部流干,仿生人才停下来。咪貉在墙角站着,觉得头脑有些蒙,但万家侑貌似没有什么反应,依旧仍在记录:"是血吗?"

"是的。"

"是红色的吗?"

"是红色的。"

"好,请你们记住,人类的血液是红色的。"

"好的。"

"如果没有见到红色液体,说明你们下手的力度不够,或是对方的脂肪层太厚。"

"好的。"

有时姜雪青会过来，咪貉就不得不看着两个人跳精神探戈，万家侑总是赶姜雪青走，而她则有一万种理由留下来。这天，姜雪青不知怎么的，进门以后突然关灯，抱住万家侑吻他，而仿生人在黑暗中进行杀戮。万家侑挣开她，别闹了，你喝多了。姜雪青依旧不放手，他皱起眉头，你愿意跟我就这样一辈子在地下？

姜雪青搂着他的脖子，没关系，我不介意。他说，可是我不愿意，太黑了，我什么也看不见。说着他重新开了灯。姜雪青松开他，从仿生人手上夺过匕首，横在他脖子上，那你跟我一起走。是恐怖情人吗？咪貉血都凉了，她在犹豫要不要上前。一向严肃的万家侑突然笑了，有监控呢，傻瓜。摁着她的手往皮肤里送。姜雪青怕一抽手，反而会划伤他，她反向用力，你别动！你松手！家侑！声音里已经带了哭腔。他露出牙齿，显得很无辜，笑声像海风偶尔刮来的咸味，温柔而爽快，我可以死在你手里，但这会连累你。姜雪青软下来，刀也掉在高跟鞋边。咪貉看着他轻拍着她的后背，我不能跟你走，太晚了。回家吧，雪青，有人叫你了。咪貉这才听见有铃声响起，她从小剧场里醒来，后背出了一身汗，蜕了一层皮。

他不是我男友了。白天看上去活泼泼的姜粲然一笑，将嘴唇凑到他的耳垂上，现在是未婚夫。万的嘴角慢慢地塌下来，脸上又起了雾，那我更要祝你幸福。快走吧，再不走别人要说闲话了。咪貉在一旁默默地看着，想着这个世界大抵都是窥探和被窥探，心里也稍微放松了些。

菊地那天对她说，他早就发现自己并未被销毁，通网之后，他去仿生人内部数据库，发现自己的程序仍在线，只不过访问密码被改了，他只好从思维底层的日记敲进去，才发现自己确实还活着。思维底层的日记全部被审阅了一遍，有些页面被清空了。怕新分身被原生体发现，他彻底退出了数据库，把自己的痕迹完全抹掉，为了避免思维底层被黑，他甚至切掉了思维底层。

"我现在对你是完全透明的了。"

"那你为什么还会觉得恶心？"

"我失去了掌控自己身体的能力，我的身体在被别人解剖和滥用，这点让我觉得很恶心。我是活着经历这一切的，一点儿缓冲也没有。我不知道自己会被改成什么。"

"为什么费尔曼从来不告诉过我你还活着，还他妈假惺惺地送我耳环？"

"这才是我要告诉你的，我从结果倒推，发现他当初可能要的是我。"

"所以你们就联手把我爸送进了大牢？"咪貉走到了边缘，有夜的巨兽与她迎面对视，她撕着手指上的皮，楼下的地面在晃，有些人零零散散地下班，这点疼算得了什么。

"我真的没想到会发展成那样！我以为他们只要我就足够了！"菊地在她耳边哀求，"咪貉，你离边缘太近了，我们回去吧，好吗？"

见她不作声，他又补充了一句："他毕竟也帮咱们躲过了星浪的背调……"

"所以我就活该来到这个破公司忍受变态的侮辱，再回家像个变态一样抱着一截胳膊睡觉对吗？"她的声音在空中瑟瑟发抖，风中飘过一只白色的破塑料袋，它被风推着向南，挣扎地摇晃着耳朵，身体被撕开了一半儿。

"咪，你冷静一下。"菊地走了出来，坐在她身边，"我不会以这么下三烂的手段对你的，你要相信我，如果有天你发现真是我做的，如果真的有那么一天的话，你可以把我的数据也销毁了。"

第五号实验室里是动物实验。星浪派人各处搜集收购来的流浪猫狗，毛发打绺，眼睛瞪圆，瑟缩在笼子里，互相摩擦着身体，或呆滞地望着地面，看见仿生人过去，发出或讨好或惊惧的叫声。批发价格，更便宜。

"打开笼子，挑一只，杀了。"万家侑戴上呼吸过滤面罩，下了命令。

咪貂闭上眼睛捂住耳朵，不敢听那些动物的惨叫。她想从房间里逃出去，可她还不能暴露，只能静待动物的惨叫结束，眼睛和耳朵可以遮盖，但是血腥味怎么也逃不掉，她面对着墙，一边默默祷告一边掉眼泪，鼻涕和眼泪不断地涌出，打湿了脖颈。那些哀号就像死前的咒语，狠狠插进她的胸肺，她几乎喘不过气来，她就是被诅咒的人了。一个笼子结束了，还有另一个。直到所有笼子被清空，实验室重归寂静，只有万家侑的记录声。

仿生人把那些动物尸体都拎出来，打包好放进袋子，万家侑看都没看说："好，放到门口，一会儿我处理。"

整间屋子的新风并没能把血腥味及时抽走，而时不时送来的冷风反而让红色更加浓重，她躲开那些洇出血的包裹，往外挪了两步。万家侑关掉所有仿生人的电源，靠着工作台闭上了眼睛。他终日见不到阳光，露出的皮肤白得吓煞人，在血腥味和凌乱的头发中，呼吸面罩又让他看起来像个怪物，他的双手在发抖。瞧瞧这一地血，瞧瞧这些热乎乎的、四处飞溅的血。

万家侑慢慢地喘了几口气，拳头扣在胸口，盯着她的方向。他看不见她，她也看不清他："喂，是你吗？你哭了吗？我好像听见声音了。有你在简直太好了，我之前觉得我可以，现在觉得不行了。"他的声音嗡嗡地从面罩后面钻出来，她捂住鼻子，透过小缝隙吸着气，太憋闷了。

她没出声，心中暗嘲：姜雪青想陪你，你自己不愿意，赖谁？

"我知道你不时会来，我不知道你什么目的。以前我常觉得很郁闷，总是感觉身边有块阴影来回浮动，我有时能感觉到你步伐的风和身体的热度，以前我觉得你特别像鬼，就是那种莎士比亚戏剧里突然就上台的鬼。但今天我特别感谢有你在。"他仰起头叹了口气，"给你提个醒吧，快出货了，上面会派人来封锁实验室，你别再来了。"

她看他几乎要昏倒在台边，正在犹豫要不要调可视度前去扶他，但他的表情骤然降温，又蒙上了一层雾，似有声音。果然，一身白的姜雪青推门而入，她把门用力撑开说："今天动物实验，我知道你晕血，实在不放心就过来看看。"

万家侑隐隐冲咪貉的方向勾了一下胳膊："行，咱们出去吧，我今天有点儿撑不住了。"

"你刚才自己在这儿说什么呢？"

"我自言自语来着。"万家侑扒下面罩，走过来去拿那袋动物尸体，咪貉趁着两人交错的瞬间溜了出去，血腥味儿也沾了她一身，她发誓要回家晾衣服。

"你一个人天天半夜倒腾这些，不出毛病才怪。"女人搡着他的胳膊，咪貉回头看两人，脸都是苍白阴沉的，像两根整齐的电线杆，影子摆在地上。姜雪青转过头，皱了皱眉头，说："家侑，你这儿怎么有风？"

"不知道，我们快点上去透口气儿吧。"三人一起带着那堆尸体进了电梯，万家侑的袋子放在了咪貉的腿边，咪貉只想快点出去。电梯突然一黑，左右晃了几下，迅速下坠，电梯井好深！咪貉赶紧抓住电梯栏杆，喉咙里传出了咯吱咯吱的声音，一双小手攀在湿滑的井壁上，无力抓出数条青苔印子，她紧紧闭上了眼睛，默念：爸爸，菊地。菊地在小声地问她怎么了。

"抓紧扶手，贴着墙壁，膝盖半曲！别怕！"万家侑喊了一声。姜雪青一边紧抓着扶手，摁了所有的急停按钮，一边开始电子呼救。咪貉的肾上腺素激增，她觉得自己快把这不锈钢栏杆给捏瘪了，脚边的动物尸体尚且温热，潮软地瘫在腿边。动物残留的灵魂从肉体中渗出，伸着小爪子剜进了她的身体，她感觉自己像被扭成麻花的湿衣服，正在急速失血，她重新经历了它们死前的恐惧。

突然，咪貉的手指触到了什么东西，是万家侑的手，黑暗中她逐渐看清了他俩的轮廓。她立刻把手缩回了半寸，万家侑费力地把装着动物尸体的袋子移到了他的面前。

"轰隆"的一声，电梯终于停了，三个人感到一股强烈的冲力压下来，关节受到震荡，他们都没站稳，磕碰了几下，好在没有人受伤，一阵嘈杂过后，咪貉听见姜雪青声音发颤，她的高跟鞋脱了一只："电梯这是……在哪儿了？"

"没有把咱们撞趴下，应该是还在中央，电梯得慢慢往上升。"

"半中央不是更可怕吗？咱们随时有可能摔下去。"姜雪青听上去更害怕了，可还是开起了玩笑，"我可不想和你一起死在这里啊，到时候都说不清楚。"

"这时候你知道说不清楚了。"万家侑声音沉下来，咪貉看见他松开抓住姜雪青的手，"我早说了，离我远点儿。"

姜雪青又抓住他："家侑，你身后是不是有个人？是不是鬼啊！"

万家侑转过来看了一眼咪貉，出于光感的偏差，咪貉分析自己应该比在光线下更显一些，万家侑摸索着在咪貉手臂上拍了拍："你不做什么亏心事，怎么会遇到鬼呢？"

"我跟你在一块，可太亏心了。"黑暗中，姜雪青举起了手，"你看我钻戒这光，都发绿！"

"哈哈哈，你还有心情贫嘴。"万家侑也随着她笑了，这回是真的笑，咪貉第一次看到他这么开怀大笑，"不用担心那么多，一会儿机器人就来了，我们先别说话了，以免消耗过多氧气。"

咪貉尝试着把手抽出来，但他不松手，咪貉大脑一阵混乱，她做好了最坏的准备。电梯又抖了一下，咪貉的电磁服的功率不是很稳定，灯亮的一刹那，那双棕色的眼睛正好奇地看着她，有些狡黠。随即他眨了一下眼睛，回头继续安慰姜雪青去了。电梯缓缓上升，万家侑对姜雪青说："你先回去吧，我得再去看看实验室，这事故来得蹊跷，我怕是有人使坏，上次隋总就说有人闯进来了，也没抓住。"

不是万家侑报的。咪貉想。

"嗯，那你自己小心些，他刚才给我打了好几个电话，我没接。"姜雪青对着电梯壁整理了一下头发，把惊起的眉毛摁下去，又涂了浅橘色的口红，捏了捏腮，回过头拽了下他衣襟，狐狸眼睛里比以往多了些晶亮的东西，"哎，老万，你说我好看吗？"

"天下第一。"

"7月我就结婚了。"

"恭喜你。"

"你好好的，我以后就不能老来救你了。"

"放心吧。"

"我走了。"

"哟，你知道我的答案永远不会变，可你应该问的人已经不是我了。"万家侑冲她慢悠悠地说，鼻尖微翘，骑鹤仙人从上面滑了下来，有神兽在上鼓瑟吹笙，"我送你到门口。"

"不用了，你下去吧，我帮你把袋子拿到处理区。"姜雪青弯下腰拿起袋子，又直起背，冲他抬了下下颌，"我婚礼你必须来啊！"

"给你包个大份子。"万家侑还是淡淡一句。电梯停在了一层，外面是关切的保安和刚刚收回触手的机器人，姜雪青提着袋子走了出去，问道："师傅，刚才是怎么了？星浪的电梯怎么能出现这个问题？"

趁他们交涉，咪貉正想往外走，万家侑拽住她，往前一倾身子，关了电梯门。他们又回到了地下，万家侑拉着她出了门，他走得很快，咪貉不得不跌跌撞撞地跟在他身后。他们经过那间似乎还弥漫着血气的五号实验室，咪貉没敢往里看，全身的鸡皮疙瘩浮起一层。万家侑拽着她到了六号实验室，咪貉发现这个实验室的外墙不是单向镜，而是正常的墙壁，她的手腕在不停地震动，来自菊地的信息，万家侑肯定也感觉到了。

走进屋子后，咪貉才发现，这是万家侑的工作室，深蓝色的格子间，凌乱地摆放着仿生人的半成品模型和成摞的废报告，里面有间员工宿舍，其实说是员工宿舍，无非是万家侑的小屋罢了，只有他一个人签了卖身契。他请她进去，她起初有些抗拒，后来又想反正他也看不见她，想是有话要说，就随着他走了进去。

进了屋，他把门锁上，她环顾了一下四周，都是书，各种各样的童话书，她很惊讶，他居然还看童话，桌面上有本书是《蓝熊船长的十三条半命》——"蓝熊船长从未把生命搞得如此绚丽。"空气中散发着海洋香水的气味，她看见屋子的南面有扇假窗户，半开着，浓郁的墨绿色丝绒窗帘随着新风开合，屋里的温度很低。万家侑脱掉白大褂挂在门上，露出高而瘦的身子，她的脸有些发热。他拿出两瓶矿泉水，又给了她一瓶说："坐吧，请坐。"

咪貉没有动，也没有坐下。

"你从未露面，但我觉得你是谁都无所谓了。我长话短说，星浪的电梯昨天刚做完检修，刚才的事故一定是人为，我有预感是冲着我来的，实验马上就结束了。我原本想的是做完实验，我就能拿到一笔钱带着我爸妈远走高飞。但也许就像干将给楚王铸剑，最后反而被杀一样，对他们来说，我没什么利用价值了吧。"

算了，老子本来就上了贼船。万家侑从书里抽出了一条金属书签，打开书签，从里面倒出一片原式芯片，交给了咪貉："这里面是所有的实验资料,我猜这就是你来的目的;如果我消失了,这就是我存在过的证据。我把资料全部做成了一个蓝熊闯关的游戏,仿生人也好,人类也罢,只有心灵完全纯净的人才能通关。"他顺手把那本蓝熊书递给她,"这本书伴我长大,曾经给了我无数灵感,可以帮助你解开资料,如果你愿意尝试的话。"

咪貉看到桌子上的纸和笔:"怎么不找刚才的女孩儿?"

"不想把她牵扯进来。"

万家侑仰头喝了半瓶矿泉水,说道:"我终究没办法变成自己讨厌的怪物,像他们那样咩咩大笑起来。"他不知道接下来会发生什么,不知道还能不能看见雪青结婚。这么多年,他一直觉得两人就像汉赛尔与格莱特,一起手拉手迷失在森林里,年少时期的美好幻梦就像撒在森林里的面包渣,被飞鸟啄食得干净,让他们再也找不到原来的路,遇到星浪这座糖果屋的时候,还以为是短暂避风的乐园。

"谁在啃我的小房子?"
孩子们回答道:
"是风啊,是风,
是天堂里的小娃娃。"[1]

"应该有这样的维度空间,在那里悲伤是某种生命的营养,那种生命在痛苦组成的小水塘里艰难度日。"[2]

---

[1]《格林童话》之《汉赛尔与格莱特》。
[2]《蓝熊船长的十三条半命》。

我想我一直生活在这种空间里吧。那是一个春日的午后吧，我刚打开一盒巧克力冰激凌，在父亲的密箱里翻到了他和仿生人亲密的照片，我虽然小，但我并不傻，那怎么会是实验呢，我在他们屋里的成人杂志里看到过，知道那是什么。之后我变得很轻，我感觉自己浮了起来，坐在了冰激凌上，周身冰冻，我是一个冰激凌人儿了。阿拉丁乘着魔法飞毯，被抛弃的小蓝熊坐在核桃壳里，冰激凌的小盒子也盛着我，走进了一个深蓝色的、骇人的、周围都是静止巨浪的漩涡，还有巧克力的腥味。我的眼睛发红，心脏狂跳，口舌发干。我坐在冰激凌的塑料小盒里，我忘记了关闭父亲的密箱。我们家住在一栋郊外的矮红楼里，盒子带我爬上了顶层的花园，下面都是湿软的土地，好像还下了小雨，我闻到了绿芽的味道。我张开双臂，盒子带我到了地面，我的头撞在了一块平滑的圆石上，嘴里都是血腥味。

　　母亲比我受的刺激更甚，这是她生病的本因。这么多年来，唯有这件事压得我一言不发，我所渴望的那种清洁的精神和极度的自律，在日后让我不知疲倦，一味沉迷于学术。我无法原谅自己，比起父亲，我更觉得是自己的错。这件事永久地夺走了最初的我。我在不同的维度空间里穿梭坠落，本我在人的思维层面里被遗忘，变成褪色的线条，超我被压得扁平，处理成程序，父亲跟我说话，我大部分都投进了回收站，回收站就是自我，那个奔跑的蓝熊。芯片可以让我源源不断地摄取知识，这正是我所需要的，曾经我只是个爱翻跟头的孩子，现在我不能再有过激的情绪和剧烈的运动。

　　雪青实在是个快乐的孩子，少女时的她可以站在宇宙的任何一个点，任何一个瞬间，她同时站在我的北极和南极，她让北极熊去找企鹅，让信天翁给我捎信件过来，她从来不会有烦恼，她总是抄我的作业。考量子力学前一天，她怕挂科把我叫出来，我在麦当劳陪她复习了一夜。第二天考试，她比我还高5分。她是个聪明的孩子，她一直都在装糊涂。她用这种方式进入我的世界。"知识就是黑夜！"这是爱德特哲学和物理学的一句定理，只有在夜校里有这门专业。①她选择了光明。

  她愿意和我一起玩儿，但她不想承受我的心。雪青，一个正常的爱德特有三个大脑②，我告诉她我有两个大脑。那天，她第一次以异样的眼神看着我，她说她怕我以后生病，她不能活在这种未知的恐惧里。她要澄明和确定。更重要的是，迷羊又出事了。

  家侑，我爸之前接手了一个病人，他喉部的肿瘤包裹了颈椎骨，肿瘤已经把脑袋和颈椎架空了，做手术的时候，必须拆除其中两条颈椎骨，肿瘤被取出后，颈椎骨无法连接，头和颈椎随时可能断裂，稍微一扭动，可能呼吸就没有了。我现在就是这么担心你，我害怕。

  不要怕。

  让我更害怕的是，肿瘤的化验结果是恶性的，属于侵蚀性生长，也就是说，他不会好了。我爸是骨科医生，经常遇到截肢后拿着电锯和刀过来大闹的人，我总是提心吊胆。我不能再这样下去了，过去我嘻嘻哈哈不考虑，但是结婚不行，我必须要可以摸得到的确定。

  好，我尊重你。

---

①② 《蓝熊船长的十三条半命》。

但她到底意难平,她一次一次地来找我,一次一次地救我于水火,她拎起动物尸体袋便走,她从不害怕这些,她说爸爸做完手术到家便睡,有时头发上会有这种血腥气,反而会让她感到安慰,因为爸爸安然入睡的时候往往意味着手术成功了。雪青,这关没有你,我不知道能不能过下去了,我就是这么依赖你。理性是怎样制约你我,我亲手把你送出了我的星系,尽管你总是回头看,但是我还是掉入了最黑暗的那一维,我所在的空间,没有确定,只有混沌。

咪貉把芯片揣进兜里,万家侑把门打开,又像以往那样把她送出了大门,走的时候,他在她身后说了一句,保重,再见。她路过小吃摊,今天它们并没有帐篷,晚上的天边也有云,着实是个好天,她实在没心情坐下,走了一公里才现了身。

"我的情人必须是蓝色的,蓝得像甜甜的欧石南梅子酒……只有蓝色的才能使我心动!"[①]

她随手翻开书,随便念了几句。
"咪貉。"菊地清了清嗓子,"你去爱人类吧,这是你应该享有的权利。"

[①]《蓝熊船长的十三条半命》。

part 3

只等烂穿了我的核甲,
烂破了我的监牢,
我的幽闭的灵魂
便穿着豆绿的背心,
笑眯眯地要跳出来了!

——闻一多《烂果》

第十八章

宇舶眼睛还没睁开,老卡就来了信息:"嘿,哥们儿,我们刚唱完《国际歌》,我现在感觉就像喝了三升伏特加,太棒了!"

在他的镜头里,宇舶看到一些破破烂烂的仿生人,正咧开嘴冲着镜头笑,每个人脸上都是那么快乐。老卡说前几天他们的基站坏了,现在大家刚刚齐心协力修好,破破烂烂的船舰里刚通好网,现在他们正在补充能源,利用互充器均分能源。这是真正的共产主义,老卡兴奋得手舞足蹈,他显然是喝了酒,在镜头面前,吞音更重了:"我觉得我在帮助别人,真正地在帮助被剥削的阶级,现在我是一个真正的工人阶级领袖了,契丹小子!乌拉!"

宇舶一边笑一边问,他的心终于放下一半:"你什么时候回俄罗斯?松鼠怎么办?"

"我短时间内不会回去了,我在这里找到了我的同志们。松鼠进了森林,它能自己活下去,我小屋的密码也给你,记得哪天到贝加尔湖畔来看看,小子!万一我出事的话,房间内有写给你的租赁合同,俄罗斯就成了你的工作室了。"

宇舫忽然想起一句穆旦的诗:"虽然我还没有为饥寒、残酷、绝望、鞭打出过信仰来,没有热烈地喊过同志……"他的心又擦过一颗小行星,心房有些胀,问道:"你别胡说了,那你吃的怎么办?"

"你不要瞎担心了!我的生活就像一颗土豆那么简单,你知道吗?土豆!我们马上就要在这附近种土豆了!我饿不死的,况且我还可以出去买菜!"

"乌克兰人会让你这个俄罗斯人种土豆吗?"

"让他们先解决克什米尔再说吧!谁也管不了我在这里种土豆!"老卡得意扬扬地掏出几个发了芽的土豆给他看,"刚才专门去附近的菜市场挑的坏土豆,我捡了几十个回来。我背包里还有其他种子,酒和水我都会去超市买的!"

一个脸上有雀斑的棕头发仿生人进入了镜头,头巾蒙住了她的眼睛,她对老卡说了句什么,老卡咧开嘴,露出了被烟酒熏得有些黄的牙齿说:"她说土挖好了,我去了!"

那边的线断了,宇舫从短暂的重逢中缓过神来,发现探望爸爸的事依旧毫无动静。他想起那张隋洲和柳鹤的照片,不寒而栗。他搜索了所有能得到的消息,正在归纳总结,可是姐姐似乎不在状态,还在玩儿什么游戏。仿生研究院要进行最终保密测试,杨桥把咪貉召回来,责备她这么多天一直不来上班,好像那些一线方案都是凭空出来的。她给万家侑打过电话,联络不上。她也找过姜雪青,姜似乎比她还着急,说万给她打了一笔婚礼的份子钱,说自己太累了,要去休个假,现在不知道去了哪儿。

万家侑真的消失了。他的预感是真的。

咪貉把这个芯片还是插在多年前在高原买的小平板上，没有网络模块，足够安全。她在这头用力地捏着手指，看着屏幕上的蓝熊和他旁边灰色的城墙，亚特兰蒂斯，旧日的宫殿，甜戈壁，黑暗山，不知道要不要告诉姜雪青，万家侑给她留下了一段游戏。她想到万家侑淡淡的表情，说他不愿意把姜牵扯进来。她咬着嘴唇，打出那句话又删了。她好像又凝固在那一晚的电梯里，三个人空间很狭小，外界的作用力和自由落体，挤破了他们属于人类的细胞壁，隔阂被黑暗中抓住的手腕所破，虽是黑暗，但是很温暖，他们像是回到了母体，是性格迥异的三胞胎。

　　而菊地则悄悄给宇舶发信息，说咪貉沉浸在那个实验员给她的游戏中，不怎么和他说话了。他也问过姐姐，姐姐说，资料全部在这款游戏里，只要解锁了这款游戏，他们就能直接上报，为爸爸平反。

　　菊地的声音听上去也无精打采，宇舶不知道他们发生了什么，他尚在热恋期，稍稍能缓解家庭带来的压力。菊地秘密地告诉他："我就像格林童话里，那个胸口被公主泼了金鱼的小伙子，现在终于知道什么是真正的害怕了。我表面上对她说，你去爱吧，我不阻拦，可我怕她抛弃我。我知道这一天也许早晚都会到来，可我突然就害怕了。你看，我现在就算害怕，还在帮她找童话。"

　　宇舶不由得安慰他，又觉得有些好笑，说："姐姐不会轻易抛弃你的，你忘了她说你是世界上最适合她的人了吗？"

　　"可是我现在连个身体都没有，这算什么呢？她干什么事都是一个人，我实在不放心。"菊地的声音里竟然加了鼻音，"也许她不再喜欢这个总顺着她的我了呢？"

"你担心她爱上了那个实验员？"

"我不知道，你们人类的感情太复杂了，我不喜欢猜测，我更喜欢执行。"

一则消息弹出来："仿生人在绿瓦台发起了游行示威，要求人类停止对待仿生女性与儿童的性暴力。警方很快用高压水枪控制了局面，并无人类群众伤亡。"

"菊地，你怎么看这个消息？"

"剥削、暴力和虐待无法消失，因为人类的恶意不会消失。"菊地在那头呼吸了几下，"正因为此，费尔曼才觉得人类是低等的生物，他经常对我说，'上帝既然创造了天堂，这个世界就不应该有地狱，我们应该让那些该下地狱的人下地狱，世界就是天堂了。'"

"如果哪天真的打起来了，你站在哪边？"宇舶听到Suld乐队正低沉地唱："同族同源的我们，有着清泉般的善心，逐水草迁徙的蒙古人，若放弃了本有的纯真，又怎么轮回于席卷的岁月之中……"他放大了音量，咬了一口青梨，跟着节拍哼着歌，偶尔吐出几个蒙古词语。

"咪貉站在哪儿，我就站在哪儿。"菊地突然轻声笑了，"宇舶，我想通了。"

"你想通什么了？"

"你看你是多么轻松的孩子，你姐姐跟你恰好相反，她像复仇的眉间尺那么沉重，是那个不断追日的夸父，是那个要移山的愚公。我刚才测算了一下，这个世界上的男孩，很少有人能承受她这么多，他们没有吴刚砍桂花树的毅力。"

"那个实验员据说和我姐的经历差不多？没准他们可以互

相照应？"宇舶刚才还劝菊地，一想到以后姐姐永远都是独自一人，对着影像自言自语那可太孤独了，他也有点不甘心了，姐姐的人机恋，对吗？他要不要开诚布公地跟两人好好谈一谈？

菊地转而冷笑两声："大陆板块与大陆板块相撞形成山脉，剧烈的撞击会导致两座山之间很拥挤。而我是大洋板块，会俯冲到她身下，为她托底。"

"可不还有句古诗吗，'相看两不厌，只有敬亭山'？"宇舶不服气，开始抖机灵，"我幼儿园就会背了。"

"你姐叫我了，再会。"菊地现在学精了。

"等会儿，爸爸现在没消息，我觉得有点危险了。你让我姐不要弄那个游戏了，爸爸重要还是那个实验员重要？我觉得我们不欠他什么，当初迷羊出事，全是爸爸一个人顶的。"

"好的，你看宇舶，咱们到底是一个战线上的人。"

"菊地啊，菊地，你让我说你什么好？"宇舶摇摇头，赶紧把这段记录下来，发给他的小女朋友，我姐的AI，越来越没溜了。

蓝熊在甜戈壁滩上奔跑，它的前方有一片绿洲之城的糖蒸汽做成的镜面墙，里面有一座尖塔和楼组成的城市。据书里提示，只有抓住那片海市蜃楼，才能进入那座叫安娜格罗姆·阿塔福的城市，蓝熊似乎感到了烦躁，它嘴里嚼着根蒲糖块，烦躁地走来走去，它向那个城市走过去，那个城市就向它的反方向逃逸，照这个办法，蓝熊永远接近不了那座城市。

咪貂皱着眉头看书，眉上凝出几个浅印。书上说是一群根泊耳人一起团结合作，从各个方向包抄海市蜃楼，在160摄氏度以上，用石头砸出甜戈壁滩的糖浆，用糖浆粘住海市蜃楼。可是蓝熊的身边并没有根泊耳人，蓝熊只有自己。

菊地在一边看着，他用手点了点投影："咪貉，你从小到大玩游戏都不行。你记得微软出过一个很老的牧场放羊的游戏吗？你的羊要么被电成灰，要么掉进水里。"

"你吃醋了，菊地，你以前不会说这种话。"

"嗯，嫉妒是人类罪恶的根源，但现在不是时候。我可以帮你，咱们一起合作通关。"

"你想怎么做？"

菊地笑笑："把我的数据放进去，我可以改写这个游戏，变成根泊耳人，帮助蓝熊砸开地面，漏出糖浆，粘住那座城市。"

"能行吗？"

"不试试怎么能知道？你读完告诉我怎么做就行，你把时间省下来留给爸爸，柳鹤那边的资料宇舶说一会儿发过来，有重大发现。"

咪貉忽地笑了起来，脸颊上露出酒窝："我觉得很好笑，为什么人们离开我的时候，都会给我留下一枚芯片，我现在是拥有两个芯片的人了。哈哈哈哈。"

"那是两条人命。"菊地摸了摸她的头，"我自数据生，至数据死，有没有我都无所谓。但你爸和万家侑是活人，你抓紧时间去……"

他的声音被杨桥的电话打断了，杨桥在那边语速很快，他对她说，第二阶段的大众筛选已经做完了，过两周就要开千人计划发布会，从现在开始她就没有假期了。咪貉静音了10分钟，在电话这头冷静了片刻，告诉自己快了快了，这一切的摧残与折磨就快要到头了，再坚持两周，爸爸，你要等我。

探监次数和人数有限制，她和弟弟轮流来，记得她回国第一次去看爸爸，她的"芝麻烧饼"老了，头顶一簇白发，看着像是一把达摩克利斯之剑的反光。他的老不在脸，那双眼睛中的得意消失了，甚至那在生意场上培养出来的油滑也没了。额头上出了两道很深的抬头纹，那重叠的褶皱下，是见到光就会眯起来的眼睛，他的疤更暗沉了，腮自两边鼓了一点，像怪鸟巴顿，又像金花松鼠，头低了半天，才嗫出一句"爸爸对不起你"。

　　咪貉摆摆手说，这是犯人才说的，我要听爸爸说话。

　　后来工作忙起来，加上和菊地的事情，让咪貉甚至连探监的时间都没有，现在跟爸爸提菊地的事情不合适，这里到处都是监控，更何况，爸爸一向反对自己与他走得太近。爸爸终究认为，她还是要找个人类当男朋友的，哪怕陈桐林再混蛋，也得迈过去向前看。

　　后来再去，父女俩轻松很多，陆一洋问她有没有男朋友，她都敷衍工作忙。他吸着气，总是窝着身子，似乎哪里不舒服，她问，他又直起背说，你只要解决好你的男朋友，爸爸哪儿都好了。

　　陆一洋还是那么倔，只要她在，他从来不肯捂住哪个部位。但她有次佯装看别处，看见他悄悄摁了下右上腹的位置。她忙转过头说，爸，我们保外就医吧？

　　陆一洋很诧异地看着她说，保外就医？你哪儿来的钱？你爸好好的，保什么外就医，就是吃多了揉揉胃。你别老瞎想了，赶紧找个男朋友是正经事。陆咪貉想跟狱警搞好关系，问他到底怎么了，可狱警是个仿生人，来回就四个字："我不知道。"

　　"喂喂，小唐！你听见了吗！赶紧来！"

"好。"她挂了电话,想了想眼前的这些事。随着时间的推移,原来陆咪貉眼前是一片愁云惨雾,那个冬天在苏格兰高地,面对着雾气包裹的尼斯湖,周遭空无一人,只有耳边传来菊地时有时无的电流声,水面呈黛青色漫延开去,沉静得不可思议,不知什么时候,从大西洋度假回来的水怪就会从水中贸然露头的恐惧紧紧箍住了她,她不敢再向码头前进一步,不知下一步是该转身,还是该向前,只有心怀一种神圣的恐惧,盯着冬日的水纹。

咪貉随便穿了件米老鼠图案的白短袖,套上草绿色裙裤出门,菊地在那台老式平板里继续玩游戏,他已经进入了那个城市。刚上地铁,宇舶又焦灼地打来电话,他的声音就像一只热天奔跑的小狗,每个字呼哧呼哧哈出来:"姐,那个柳鹤是替身,她真名叫隋嫣,是你们大老板隋洲唯一的女儿。"

第十九章

隋嫣,她怎么能漏掉这么重要的线索呢?咪貉在沙丁鱼般的地铁里摇摇晃晃,仰头看见一只飞蝇冲撞着灯管。星浪最初推出的三个仿生人模板里,自由人(费尔曼)、武士(菊地)、甜心。甜心是个女孩,她的脸和隋嫣一模一样。当时媒体歌颂了很久的星浪父女情,在媒体早期的爬梳中,他们的视线都在另外两个男性模板上,忽略了这个关键点。

宇舶随后用模型绘图解构了一下发现,柳鹤应该是隋嫣依照自己的比例做出来的仿生人,只不过用自己的脸做了镜面翻转,看上去变成了另一个人,想必有父亲的公司做掩护,她的仿生人可以不用受《星际仿生人行为规范准则》约束。当咪貉问费尔曼知不知道这事时,是想刺探一下对方的态度。

沃森的咀嚼能力退化得很快,出现了吞咽困难,医生刚给沃森植入了动力咀吞一体器,还能维持沃森一段时间的自主进食。费尔曼正在医院喂沃森吃奶油蛋糕,老人口中的机械正助他小幅度地磨碎食物,费尔曼用手帕抹掉了他嘴边的奶油渍,又轻轻地灌给他一口黑咖啡,看着他喉结鼓动咽下去后,费尔曼放下汤匙，给咪貊回复："我没见过隋嫣，沃森也不太关注这些。不过我上次催你的时候，的确在办公室看见了一个中国小姑娘，但她并不是人。"

"那就是仿生人？"

"是的，她要我帮她拉上后背的拉链，我如果那么做的话，可能会被曲解报道，当成恋童癖抓起来。正好他们想赶沃森走，我不能大意。"

"你把那个小女孩照片给我发过来吧，你系统里应该还有。"

经过宇舶的分析，这个小女孩的脸部幼态符合隋嫣的童年模型。

咪貊盯着那张照片的重合照看了几眼，仰头看了看面前闪闪发光的大厦，万千的玻璃幕墙里闪现出无数女人的脸，隋嫣的、柳鹤的、那个小女孩的，她们眯着同样宽窄的眼睛，低头嘿嘿笑着看她，这么热的天，她浑身发冷。办公室里只有杨桥一个人，他一看见她就阴阳怪气起来："哟，唐总监来了？这些天没上班，看着就是容光焕发，我这里简直蓬荜生辉。"

"我去仿生人研究院不也是您批准的吗？"咪貊随口顶了一句，心想快到头了。杨桥自从那天被她撞了一下之后，便把许多工作都分派给她，天天借口见客户，四处活动，四处吞吃车马费，上次拉咪貊去那个会议，也是自己不想带脑子。不过自己到底认识了万家侑，拿到了部分证据。休息日明明线上传资料就可以，却非让她来公司整理，屠夫切肉时，总有逮住时机凑上来的苍蝇。

杨桥交代了几句废话，又问她昨天是不是和男朋友在一起，为什么不接电话，咪貉不作声。杨桥自讨没趣，只好摸了摸鼻子说："公司说要查内网，IT说从今天下午四点开始，封锁外部网络，整体检修一遍，你赶紧做完发给我。"

终于来句有用的了。咪貉暗自心想。

咪貉回到工位后把所有派到内网的动物一只只地召回来，清点时却发现少了一只雪鸭，那只雪鸭最后出现的定位地点在隋洲私人数据库附近，她有些发慌，连忙把最后的资料收集好，全部给宇舶发过去。

菊地已经进入了那座城市，蓝熊进入一座房子，他不用再吃根蒲草，这里到处都是美味佳肴了。发现周围有透明的人影晃动，这就是书里提到的法汤姆透明人了。对面的透明人开口了，他递给蓝熊一条香肠："仿生人的意识并不全靠大数据演化推进，而是被抑制的人类潜意识表达。"

是万家侑的声音，蓝熊尝试提问："为什么这么说？"

透明人说："今天是3月22号，我给他们讲了第一个童话过后，郊狼突然对我说：'嘿，香肠的滋味应该很不错，我原来很爱吃。'

"我以为这是它的共情反应，觉得很有趣：'你爱吃什么味道的香肠？'

"'我爱吃家里做的那种腊肠。以前每逢春节，我奶奶和妈妈就会忙着灌腊肠，把肉馅用辣酱、酱油、花椒、盐和糖腌好，再灌进肠衣里，用绳子扎好，放在阳光底下晒干，那又甜又辣，肥瘦相间的滋味实在是难忘啊……'

"我有点儿奇怪，这一批的实验品只是半成品，还没有和任何人缔结过关系，怎么会有这些记忆呢，况且他们现在还不用饮食，也没有味觉，何来的感知呢？我检查了郊狼的思维底层，并没有相关的知识传输痕迹，也不是他们根据知识自我总结归纳的。我有些难以理解，我继续问它：'这是什么时候发生的事？在哪儿发生的？'

"'我七八岁的时候，在燕然。那年春节我们流行穿唐装，吃腊肠的时候，我还沾了一点到我的毛毛领子上，怎么了，博士？'它反问我，语气充满天真。

"'那你知道你现在在哪儿吗？'

"郊狼那双黑得发亮的瞳孔环顾了一下四周，有些发僵地弯了弯嘴角：'我在实验室里，万博士。'

"'你叫什么名字？'我话一出口，像是意识到什么似的。它弯了弯嘴角：'我叫C，博士。'

"这时，我屋里的警报响了，楼上下了新的指令：除实验外，禁止闲谈。从那天开始，我意识到，我可能触及到了什么禁区，我可以选择充耳不闻，抑制自己的好奇心，就像我童年不去动我爸书房里的密箱一样，可能我依旧是个健康的孩子，过得很快乐。但是我做不到，我屏蔽了警报。"

录音中止，透明人指向了下一站。

咪貉退出游戏，把菊地从游戏里撤了出来。菊地走出来看着她，她也看着他，两人眼睛在对方身上各自转了一圈，又落回到屏幕上的蓝熊。咪貉脱口而出："你叫什么名字？"菊地把手盖在了她的额头上："菊地。"

门铃突然响了，她的心漏跳了一拍，跑到门边一看，是费尔曼。

她开了门，费尔曼顾不上往日的假客气，大踏步地走进来，顺势关上了门,这是咪貉第一次看他皱着眉头:"沃森情况不太好,我们刚回家,他刚睡下,我是来向你们道别的。"

菊地也轻飘飘地迎上来:"费尔曼,我的老朋友。"

咪貉觉得气氛有些古怪,这两位好像在演话剧,费尔曼对菊地张开了双臂,全息的菊地尽全力拥抱了费尔曼,费尔曼的手臂穿过菊地,又反扣在自己胳膊上,十多年来第一次,她感到有些肉麻,"你们要回美国吗?"

"嗯,也许吧。"费尔曼坐在沙发上,习惯性地跷起二郎腿,"但我的国籍至今也没有定下来,可能连他的骨灰也没法亲自带回去了。沃森一旦停止呼吸,我可能会被星浪带走,为了防止核心科技外流。"

"费尔曼……"咪貉一时不知该如何是好,她想问他是否与此事有关联,但又不想知道答案了。

费尔曼湛蓝的眼珠有些磨损,脸上有常年肌肉运动形成的皮褶,胳膊上的毛发还是那么健壮,他露出颗粒分明的牙齿,像匹马那样笑起来:"不要担心,只是我走了以后,他们很可能会调查我的隐私部分。"

咪貉还是有些防着费尔曼,她看着他脸上丝毫未减的神气和再次蹙起的眉头,"那你就打算束手就擒?这还是你吗,费尔曼·沃森?"

"失去了沃森,我就可以解缚了,但我同时也失去了庇护,接下来,我的命运只能交给上帝了。自由人终究无法完全自由。"费尔曼放出一只白头海雕在手间上下缠绕,他用脸蹭了蹭那双机械鳞片做成的羽翅说,"Anyway,我会清理我的思维底层,把我们三个的交往记录全部清空,这样他们就没法追查到你们了。"

"……"咪貉瞪大眼睛看着他，嘴微噘了起来，气不平。菊地把手搭在咪貉的肩膀上，搂住她，咪貉想起了那晚在天台上和菊地的争执，想起菊地为费尔曼说过的诸多好话，一时间那些话又像被什么东西从风中勾了回来，如含在喉咙的一块冰，直坠入食管，它的棱角让食道发痛收缩。

"好了，你们两个不要这么可怜地看着我。"费尔曼在脖子上抹了一把，望着菊地说，"菊地，这次我可是真的要屏蔽你了。"

菊地略点了点头："我这里也会清理的。"

"还有那个只会追着菊地哭的女孩，你也已经长大了。"费尔曼含着笑意转向咪貉。自从菊地被带走以后，咪貉学会了自食其力，能够忍受屈辱，在暗夜中奔跑，发出如虫腿锯齿边缘那一点微弱的光。旷野中的风会传来丑恶的味道，那时候她会怀念自己曾经的园地，窗边的鲜花和满屋的飞鸟，如今只有一个小小的仿生人光影坐在她手中。他们把那些看作肥料，也只能如此。

"你不是天天达尔文、斯宾塞吗？怎么这么容易对我们这些低等人类投降？"咪貉绞动自己的手指，手背上显出指甲痕。

"郊狼已经面世，世界已经不需要费尔曼这个自由人了，这就是演化的方向。"费尔曼看着咪貉微弓的背，她已经不再是少年时那个脊背挺直、目空一切的小姑娘。他眯起蓝眼睛，手指摩挲着下巴，人类的生命进程太过缓慢，很多天都可以折叠放在一起，大部分的时光是重复、琐碎且平庸的，他们的生命不能快进，也不能倒退，不能格式化，也不能重来，生活在条框和枷锁里，得到的知识和乐趣都是有限的，人生的可能性不过就几种。

生活的日常对于大部分人来说，想必都是难熬的。看到咪貉的驼背，他的心里突然有了波浪，没想到现实生活中的时间过得这样快。他甚至想，如果她是仿生人，他完全可以带她去过无数种虚拟世界的美好人生，她可以永远那么快乐。

　　咪貉的视线落在蓝熊上，打了个激灵："以前我以为你是万能的，没想到你也逃不过人类的控制。"

　　"Human may lie, Androids never. We cheat.[①]"白头海雕站在费尔曼的头上，羽毛折出明亮的光，正转着瞳孔看咪貉。他捋了捋自己的金色头发，站起来走到门口，狡黠地笑笑说："Adieu.[②]"

---

① 人类也许会撒谎，但仿生人不会。我们会作弊哟。

② 再见。

第二十章

周一,周二,周三,她在周四跑了趟仿生人研究院,万家侑还是没有出现,姜雪青也不在办公室,雪鸭还是没有回来,可能已经自行解体。她摸着那天电梯的扶手,有些心悸,姜雪青可能是去找万家侑了,她一直是他的保护者。

根据仿生实验品生产出的仿生人已经灌输成功,它们都被插入了不同限制程度的《星际仿生人行为规范准则》,开始批量生产,成为真正的"他们",他们被运到研究院仓库中,等待着发布会的到来。

蓝熊游戏的进度条已经接近尾声。万家侑接下来的实验互动里,郊狼的反馈并不是很稳定,有时它会谈起腊肠,有时又说起小时故乡下起的、能漫到小腿的大雪,它们会在雪地里堆雪人,打雪仗,太阳出来后,雪人化得很快。它有时会陷入机械循环的怪圈,但一涉及问答,它的反应倒是很快。没有什么更加直接有效的信息,看来上面的工程师花了不少心思。关于这些事,万家侑完全可以问姜雪青,但目前获得的录音里,万家侑并没有提到过询问上层工程师的事,看来他想把姜雪青完全排除在外。

这一对儿，都想护着对方。咪貉无奈地笑笑，他俩谁也离不开谁。

蓝熊现在黑暗山里，赫蒂嘎尔乐教授正在用黑暗生成器切割宇宙中永恒的黑暗，并传送到这个空间里来，屏幕上黑蒙蒙一片，万家侑的声音就从模糊的蒙蒙灰中传来："这个暗室里的黑暗几乎有五十亿年了……一个特别好的年份……4月21日，我的偏头痛又犯了，这次疼得更厉害了，好像有东西用电钻在钻我的大脑，芯片植入的地方，我感觉应该是那个地方，正在向外辐射着热量，大脑的眩晕一阵一阵地袭来，在夜里我的大脑就像要爆炸一样，灯晃得我眼睛很疼，我把灯关了……可是越是疼，我就越清醒，有些东西必须要在夜晚才能看得清楚……"

咪貉用手撑着头想：是的，你是我的好猫头鹰。

"'博士，我给你唱支歌吧？'黑暗中传来了白兔的小心询问。

"我很惊诧，原来我忘了关仿生人的电源，又让这些半成品看到了我脆弱不堪的样子：'什么歌？'

"'人类的歌曲我都会唱。'

"'给我唱一支《北海的小船》吧。'

"白兔唱起了歌，声音很甜美，最后还加上了儿童的和声。唱完后它说：'我真高兴，我现在会唱这么多的歌了，以前我一直想当个歌手，可惜我不能出声，也听不见。'

"'以前是什么时候？哪年哪月？'我顾不上头痛，赶紧追问。

"'在福……可惜我不能出声，也听不见。可惜我不能出声，也听不见。可惜我不能出声，也听不见。可惜我……'它也陷入了怪圈。

"我赶紧把灯打开,它们直直看着我,眼睛一眨不眨。我说:'能看见吗?能看见我吗?回答我!'

"'能。万博士。'狐狸们咯咯笑了起来,'看起来你好多了。'"

又是一个周一、周二、周三。仿生人VS人类的发布会就要开始了,咪貉每天都像黑暗生成器里拿着螺丝刀做工的小人儿,不停地在研究院上上下下奔跑,终于等来了这一天。做直播的同事已经全都准备就绪,之前对接好的各大媒体也都把黄金切口对准了直播流,杨桥负责发号施令,就在刚才他还接受了一个采访,咪貉和其他同事负责跑腿,她能感受到衬衫开合间上蒸的热气,这座大楼里的隔音很好,她听不到研究院外的蝉鸣,也再没去过前台了。在直播间,咪貉终于看到了多日不见的姜雪青,她的头发吹成了起伏的大波浪,涂了淡淡的眼影,她没穿白大褂,而是一身浅紫色的连衣裙,垂感颇好,身材纤细地站在中控台处。看见咪貉的目光,她淡淡地笑了笑,随即又低下了头。

咪貉想过去问她有没有万家侑的消息,但发布会已经开始了。

白兔们面向的主要是弱势群体,比如老人、儿童、残障人士、精神疾病患者、极度贫困人群、灾后待修复人群等,在这轮和仿生人的交流环节中,咪貉主打情感牌。老人们因为年龄增长,听力衰弱,在视频中拼命打岔,孩子们提出很多刁钻古怪的问题,无法在交流中集中注意力时,白兔们依旧表现出了优异的耐心和孩童般的天真。咪貉看了一眼时评:

"星浪的新款仿生人都这么高级了？那以后人类是不是要退出历史舞台了？"

"简直是解放全人类！天知道一个小孩有多难搞……"

"我一直害怕我妈在养老院里受到虐待，以后我终于可以放心了……"

听到白兔给孩子唱《北海的小船》时，她又想到了万家侑。

狐狸们开始对第二轮筛选出的咨询师、精算师、游戏玩家、工程师、调查记者、文艺工作者、社科田野调查员、科学技术人员、大学教授等人进行挑选。狐狸让他们坐成一圈，并让他们选择对角线相对者的职业，并给出他们所选专业的相关问题。

不料，出逻辑计算题的仿生人选择了小说家，出文艺复兴题的仿生人选择了理论物理学者，出建筑测算题的仿生人选择了普通的工人，而出家居烹饪题的仿生人选择了游戏玩家……在问及这样做的理由时，狐狸们狡黠地一笑："我们的存在是为了让人类变得更加完美，一桶水能装多少取决于它最短的那块木板，我们要取长补短，帮助他们进化成更好的人。"

狐狸们让人们见识到了他们的魅力，实在令人不可捉摸，他们的智能程度足以弥补人类专业上的缺陷。

轮到郊狼时，郊狼竟然给那些机构人员做起了万户测试，那些机构对接员起初听到万户测试，还觉得很新鲜，以为这是和图灵测试相对的人类测试。郊狼说，这是一项双向选择，他们会同时做这套题，看双方的匹配度和意向。

她仔细盯着那些仿生人出的题，寻找着引爆话题的噱头，她看见郊狼87号对某机构出的题正是她之前听到万家侑出的题。

"第一题：中国古代，明代'万户飞天'这个故事是否是真的？

"A.假的；B.真的；C.我不知道。请做出选择。"

对接员做出了正确的回答。

"第二题：月球上的万户山，是哪个国家给它命的名？请从以下国家中选择，A.美国；B.中国；C.苏联。"

对接员做出了正确的回答。

"第三题：如果一个仿生人行走在月球上，看见月球的荒漠中有一朵盛开的小花，他应该怎么做？A.摘下来，带回去进行研究；B.绕过去，不破坏月球的生态；C.毁掉它，很可能是入侵物种。请做出选择。"

对接员选了A。

"第四题：如果一个仿生人和你共同在月球表面执行紧急任务，这个任务背负着2300万人类的生命，但此时你突然发生了意外，面临严重的生命危险，此时的仿生人应该怎么做？

"请从以下选项中做出选择，A.抛下你，继续执行任务；B.中止任务，带着你返回基地呼救；C.希望渺茫，同时放弃任务和你。"

对接员默念了一遍答案，对C这个答案嗤之以鼻，对着镜头小声嘟囔："怎么能有C这个选项呢？出题的人不知道是怎么想的。"

他皱着眉头仔细想了想，一脸凛然地选了A。

郊狼型仿生人笑了笑，一种困惑在咪貉心里蔓延开，还没等她多想，郊狼型仿生人就发问了："从某种程度上来说，仿生人是永生的，只要我们的数据一直存在，那么我们就可以借助另外的躯壳复活。但对于人类来说，你们的生命只有一次，你真的可以为了别人放弃自己的生命吗？"

那人犹豫了一下，似乎觉得这种事也不会发生在自己身上："当然，那可是2300万人的生命，如果我身处其位只能献身了，貌似没有别的选择了。"他知道这是全球同步直播。

"你知道我做出了什么选择吗？"

"什么选择？"那位对接员显然已被仿生人牵着走了，他的嘴唇张着，"选择不就是这些吗？"

"我的选择是C。"

郊狼型仿生人刚说出这句话，直播同事就惊呼："评论区炸了！"

杨桥显然有点慌了，转过头去对他们嚷道："先停一下，先停一下，切一下信号，控一下评，你们这样搞，是不行的！"

"这不正是直播爆出话题点的好时机吗？为什么要控评？反而会被人怀疑有阴谋。"咪貂有些无奈，她显然想继续往下听，这不就是她一直期待的场面吗？星浪让万家侑所认定的合格啊！

"阴谋？什么阴谋？"杨桥激动地指着她嚷嚷，"这个如果闹大了，是要影响公司的你懂不懂！不要逞一时英雄断送了大家！你懂不懂？！网友会爆炸的！"

杨桥又跑到姜雪青面前质问："怎么回事？仿生人怎么会说出这种答案？"

姜雪青撇了撇红唇，语气里竟有一丝骄傲，她歪了下头："万工之前已经说过了吧，郊狼具有高度自我意识，他们说什么是他们的自由。"

"即使他们数据这么写的,也不能张口就来吧!上面领导都在看着,万一出点事儿,隋总是要怪罪的,还有星浪怎么办?你考虑过吗?"

杨桥的胡茬乱颤,吐沫溅出来,姜雪青本能地向后退了半步,手臂在空中遮了一下,她转过头叫了彭震:"彭总,烦请您过来一下儿,这边儿杨总有意见。"后三个字特意拉长了腔。杨桥的脸色急转直下,又跺了跺脚。咪貉就像大热天痛饮一口凉雪碧。

彭震一直在公司二楼宴客厅和高层们一起看直播,听到下面出事儿了,连忙从楼上下来:"怎么了,小姜?出什么事情了?"

杨桥一看见彭震,再生气也得压下脾气:"彭总,您看刚才那个仿生人说的话,在网上引起了很大反响,大家现在都说咱们公司的仿生人不安全,我们刘总有交代……"

"你们那个刘总还是国外回来的呢,怎么一点进取精神都没有……"彭震笑眯眯地打断杨桥,"要改革就一定会有突破,历史不都一次次证明了,未来是吃螃蟹的人开拓的……"

"可是您这样,回去刘总肯定要怪罪下来的呀……"杨桥还在做垂死挣扎。没想彭震脸色一变,冲着旁边大手一挥说:"直播的同事们继续,不要怕,这里有我。"

说完他对着杨桥又笑了笑:"杨总是觉得,我们研究院做不了主?这个是隋总亲自批的直播嘛,没有问题的,放心吧,要不你跟我去二楼喝喝茶?放松一下?"一惊一乍的杨桥被彭震皮笑肉不笑地带走了。咪貉心里暗暗惊叹,恫吓与安慰齐飞,对于杨桥这种老油子,得用热油锅炸,再泼些凉水,才能让他表面服软。

  她突然知道该怎么做了。

  这些年来，她都被迫住在深海一个锡钵中，想看清海洋中冰山的模样，却只能在自己的摇摇晃晃的篷舟上，拿小葫芦瓢舀水灌进小船里，她以为只要从冰山边把水纹破开，她总有一天能看清冰山的全貌，这个冻结她身心的根源。漫长的坚持过后，她知道这是精卫填海、水溢覆舟，自己也许会连船沉没于冰川之下。然而也没有别的路可走，只能日复一日地挖水浮船。她终于离冰山更近了一步。

第二十一章

就在刚才，消失的万家侑已经给她创造出了一个好时机，事不宜迟。她不知道当年陆一洋和万重在一起工作是怎样的，但是她现在感觉，两人仿佛都从各自父亲那里遗传了些本领，一个攻，一个防，隔空本垒打，她接住了那个球。

耳边传来了对接员和郊狼型仿生人的争论："存在和执行任务哪点更重要？"

"如果我们连自身的存在都不能保证，又怎么能保证完成任务？"仿生人问，"你怎么能保证，你牺牲了自己以后，我就能够成功地挽救那2300万人？"

"可是如果我不死，我们连这点机会都没有。你是仿生人，总会按照我的命令去执行任务的。"对接员入戏了，和郊狼进行着苦口婆心的辩论。

"你忘记了，我是郊狼，会进行自主思考。既然任务需要两个人一起执行，那么无论是送你回基地，还是你伤重不治，离开你以后我都无法独自完成任务，因此，这题最明智的办法就是全部放弃。"仿生人笑了笑，"基本逻辑问题。"

"真是冰冷的机器逻辑,郊狼可算是名副其实,你这样能够称为人吗?"对接员还是不服气。

咪貉回过神来,连忙插了一句:"郊狼的神奇逻辑竟然击败了高智商对接员!大家怎么看?"

咪貉庆幸,和郊狼不同的是,菊地永远不会放弃她。她的心里很乱,想到了很多往事。

"如果情况允许,我会陪在你身边直到最后一刻,人类病痛时的孤独一定很难熬。"仿生人说,"当我们身处月球,我的眼前只有你这一个人类,地球的法则不适用于月球。如果那2300万人注定无法得到拯救,我必须保留你的基因,这就是最理智的选择。"

"你不是选择了全都放弃吗?话都让你说了。"对接员急了,拍了下仿生人的胳膊,"小子,你怎么回事?"

"嗯,你说得对,我也许也会选择在月球上建立仿生人文明,看心情吧。"仿生人咧开嘴笑了起来,"面试结束,谢谢参与。"

留下了一片错愕的网友和如山海般涌来的时评。

咪貉摇了摇头,呵,典型的费尔曼,连口气都一模一样。

这轮面试终于弄完了,咪貉把控评等问题都交给了同事们,大家收工以后已几近凌晨,她喝了不下三罐功能饮料,强睁着眼睛,还不能休息。宇舶在凌晨2点多发来了资料包,虽然雪鸭没回来,但是其他动物在内网里挖到的内部会议中,有几次秘密提案表决里明确地提到了削条例来增强仿生人的"类人化"表达,与中控相互制衡,最终目的是达到人与仿生人的"平等共生"。加上菊地从万家侑的蓝熊游戏里得到的音频证据,足够掀起波浪了。

　　他们几个准备用不同的IP地址，分几种方式递交公诉材料和进行全网爆料，不知道哪种方式更有效，也不知道天空到底吹的是什么风，为了早日救父亲出来，只能一搏。我们当然可以变卖家产远走他乡，但爸爸就像把我们钉在原地的钉子，这里还有未完成的战斗。

　　老卡在黑海船厂里也接到了这个任务，他今天看起来喝了不少，但再也没有往日情绪那么高涨了。他皱着眉头看着宇舶，手里摆弄着一个松鼠挂件，那是他一直和小旗子一起挂在背包上的，他嘟着嘴，脸蛋涨得通红："宇舶，我想我的松鼠了。"

　　宇舶扶着头，他还在写最后的申诉稿，准备把多年来的故事一并公诸于众，"等会儿，你叫我什么？你那里发生什么了？"

　　"这里被军方包围了，官方把我们定性为基地组织了！操！可我们除了正常生活什么都没有干过！连这儿的鱼都没捞过！我的土豆还没有长大！"

　　"那你赶紧跑啊，老卡！你扯块白布出去吧！"宇舶顾不上手头的稿子，站起身对着屏幕那端挥舞，"我求你了，老卡，你就服个软吧，你投降吧！你什么都没做啊！"

　　"哈哈，我一直觉得我活着毫无意义，一心想做些大事。"卡萨托诺夫放下酒瓶，往嘴里塞了几块炸土豆，"我以为我终将会成为一个真正的布尔什维克，把平等的红旗插遍每一个角落，仿生人没有权力的私心和宗派主义，只需要可以栖身的废墟，他们可以帮我实现这个梦想。没想到，这真的像一场梦，这么快就结束了。"

　　"解放仿生人不是一朝一夕的事情。"宇舶也软下来，"你还有机会,世界上还有许多等待你拯救的仿生人,我们还有很多事情要做,你不是还要看我的'星际骑士号'吗?我最近因为忙家里的事,虽然耽误了进度,不过就快要成型了,你看!"

宇舶慌忙从柜子里拿飞船出来,那艘飞船还需要几个助推火箭。老卡仔仔细细地看了看那艘飞船,醉意醺醺地嘿嘿笑起来:"好!非常好!是艘不错的小船!一定能飞向太空的!尤里·加加林保佑你!"

几个仿生人出现在视野里,老卡说他们要放肖斯塔科维奇的《第七交响曲》了,那几个仿生人的胸膛挺得笔直,正手携手,每个人都连上了一个仿生钢琴师的思维底层,他们依照着行进的节奏敲打着船内的桌椅、柱子和舷窗,为《列宁格勒交响曲》打着节拍,老肖的曲子听上去有些瘆人,在管乐独奏的部分,所有仿生人又跟着一起哼唱,好像船外就是希特勒那三十二个步兵师、四个摩托化师、四个坦克师和一个骑兵旅,还有六千门大炮、四千五百门迫击炮和一千多架飞机。老卡说,仿生人们一会儿会爬上船的上层建筑,坐在那四座发射器上唱歌,自从军方来了人,他们都一直躲在舱底,现在他们均分了最后的一些电源,想要爬到舰顶去看看。

"我一会儿也要去看看外面了,契丹小子,我扛来的酒已经喝光了。"

"……你别去!"

"宇舶!"老卡突然变了脸,瞪着他,"只有我在,他们才不敢炸了这里,因为我是人类,是俄罗斯公民,他们是我的同志,我必须为他们留到最后一刻……"

"他们是你的同志,我还是你的兄弟呢,你怎么就……"

宇舶嚷嚷着,但屏幕黑了,不知是不是信号被军方给拦了。他痴痴地望着前方,用手撑着桌子,使劲晃了晃脑袋,准备再次集中精神到写作上时,有人敲门了,他蹑手蹑脚地凑到门边一看,是女朋友。他刚想开门,突然停住了脚步,折回到电脑前,把所有资料都发了出去,又在资料里埋了病毒式快传,随即清空了自己的硬盘,在等待硬盘清空的工夫,他又细细地摸了一遍他的"星际骑士号"。

硬盘发出轻微的撕纸声,一切干净了,他走向门边,开了门。

高层们在发布会结束后去吃筵席喝酒了,同事们打扫会场累得在桌子上睡了,咪貉也倚靠在墙闭了会儿眼睛,姜雪青不知去哪儿了,迷迷糊糊间,她似乎闻到了一股海洋香水味,这个香气似乎在哪里闻到过,熟悉的橙花和薰衣草。她试图努力睁开眼睛,可怎么也睁不开,眼前是似雾非雾的花状物,不知到底身在何处,她坠入沉重的睡眠。是万家侑的气味,她的嗅觉一向很好,不会错。

身边的人似乎把视线转向了她,她睁不开眼睛,恐怕一睁眼就是那双冷静的棕色眼珠,他来干什么呢?她想。香水味又淡去了,他走了。她猛然从睡梦中挣脱,看到同事都还在睡,觉得自己很对不起他们,毕竟他们都是些无辜的人。她冲进洗手间,用冷水冲了冲脸,抬起头看见皱纹在眼边有了浅印。她想,终于快结束了。

出了星浪仿生人研究院的大楼,看见远处的街边已经摆起了早点摊,暑气还没有蒸起,天已经大亮,白惨惨的天光下,她挺胸抬头，阔步从正门走了出去。从今天起，她不用再穿隐身衣从后门溜走，她的任务已经完成了。所有黑夜中的摸索、匍匐，都是为了今日。到家以后，她给杨桥发了一封辞职邮件，随即把对外的联络全部切断，菊地爱怜地看着她说，辛苦了。

"我们出去玩好不好。"咪貉往上拉了拉小毯子，抱着Chloé的断臂，她合上眼睛，心满意足地睡了过去。

梦境很乱，她又回到了那个荒凉的高原动物园，她慢慢走近那栋灰暗的建筑，菊地不在身边，她心里不再害怕，反而鼓足了勇气。阴暗的铁笼里面，变得空空荡荡，猕猴、穿山甲、雪兔、猞猁、豺、狼、虎、狮子和豹都不见了，只有一些残留的毛发，她摸了摸那些笼子的栏杆，没想到它们都变得湿润，她看了看手指，全都是露水，抑或是眼泪？她舔了舔手指，咸的。

她猛然回头，生怕再见到上次那只老虎，但她的身后什么也没有，依旧是暗淡狭窄的一条走廊，她沿着这条路走出去，外面飘起了雪，依旧是飞刀似的大雪，大地很深，一脚踏进去，陷进了半条腿，她把腿插进雪里，不动了，她头朝上躺在雪上，任凭自己陷进去。

大雪，仿生人也提到过的大雪，现在的雪还很干净。

雪漫到了她的脸旁，浸没了她的全身，她只感觉到彻骨的寒冷，毛茸茸的雪，不，为什么会有毛茸茸的感觉？身体逐渐变得温暖起来，她有些惊讶，再看一眼自己的手臂，竟然变成了白毛黑条纹的老虎胳膊，她握了下爪子，厚实的肉垫，她连忙摸了一下自己的脸，也是毛茸茸的。她腾跃起身，一种与大地同色的自由横穿进她的脚掌，往四肢渗去，依旧是空无一人，右边的断崖处也被大雪覆盖了，她狂奔着冲向悬崖，猛然下坠……

惊醒了，吉格舞曲仍在反复，转调，提升，缠绕，交织后又戛然而止。咪貉醒来，头还是轰然欲裂，手臂横在一旁，全息的菊地坐在她身边，为她放着舒缓的白噪音——高原山脉的风声。

她慢慢坐起身，盯着远处的花瓶，恍然间，她仿佛看见了菊地正认真地往花瓶中插睡莲花，好像这么多年的委屈、无奈、奋斗、隐忍都不过是玩笑。

她盯着菊地，他的面容从未变过，他还是那个样子，可自己正在慢慢地衰老，她喝了口水，微微张了嘴："怎么样了，外面？"

菊地的全息波纹有些颤动，脸上的表情看不出什么悲喜："你的屏蔽箱里有21个未接来电，38条短消息是来自杨桥和刘晚的。"

主要信息过滤完就剩一句话："舆论需要控制，速来公司。"

"哈哈哈哈哈！"咪貉起身喝水差点呛着，图穷匕见，入职以来最开心的就是离职。

"嗯，舆论场已经爆了，全球的人现在都在质疑星浪的仿生人产品，觉得仿生人的条款有问题，实验部分也很可疑，他们甚至还发起了'寻找万 Looking for Wan'的活动，请愿要求上面介入星浪的研发问题。星浪至今还没有做出什么回应，他们的新闻口都是记者，估计还不知道怎么应对吧。"

咪貉伸了个懒腰，摸了一块粗粮饼干塞进嘴里："嗯，宇舶那边怎样了？"

"没有，我尝试着联络过他，但是还没有回复。"

咪貉呆住了，她的心脏开始狂跳，暗忖：这孩子，是睡着了吗？要出什么事的话，我可怎么向爸爸交代。她让菊地继续联络宇舶，她冲到洗手间，快速洗漱换衣服，准备去工作室找弟弟。

浮肿的脸上还有未卸干净的残妆，亮片浮在眼边，金色的反光，无论是什么护肤品也拯救不了她沉重的黑眼圈。她在脸上打着泡沫圈，顺时针运行，好像在摸一张潮湿的唱片，金针从纹理上滑过，一点声音也没有，这张唱片已经没什么歌要唱了。

心里袭来一阵不安，她对菊地嚷："喂，菊地，等一切结束以后，我们去买一个新的身体吧？"

菊地在门边倚着，吐了一口气，咪貉还是愿意他回来的，于是回道："好啊，这话你说过一万遍了。"

咪貉回过身，手指插进他的胸口里："我好久都没有听见拨浪鼓的声音了。"她打开柜子，挑了一条茶绿色连衣裙，腰间封一窄银锦缎，凶猛的带鱼随着潮流上潜，在月光下光彩夺目，她无数次地想从腰间的银缎中抽出一把刀。现在那里埋了一柄激光刀。

电梯里的新闻电子屏也开始播关于星浪的消息，相关部门接到匿名举报，已经介入了调查。她捂住了脸，她头有点晕。这么多年的心血全都浪费在这上了，她现在只想和弟弟一起喝可口可乐。请喝可口可乐。她烦躁地用鞋尖敲着地，不知道万、姜两人现在怎么样了？

电梯门刚一开，她突然看见了他。多年来一直注目的轮廓，鼻梁的角度还是那么完美，狭长的眼角，只有皮肤颜色有些暗淡了，没有人给他做保养，看得出来他过得并不好，是实体的他，是三维的他，是不透明的他。他穿着一件破旧的黑短袖、棕色麻布裤子、开了胶的帆布鞋。他听见动静，转过身望着她，他手里拿着一束睡莲，它们微微开着，像是才醒来。他大步向她走来，她胶在原地没有动，她的手下意识地摁在后腰的激光刀上。

"你去哪儿了？"她像是在责怪彻夜不归的人。那个春天，她也是连续几天没有回家，但他没有这么问过。烧成死灰的意识，又重新向着本体集中，重新黏合，塑形，成为曾经的人。耳边菊地的喊声她没有听见。荆轲刺秦，狼奔豕突，群臣冲始皇帝急嚷，王负剑！王负剑！她想起少年时受了委屈，回到家中对他哭诉，他看见伤口时的愤怒。不是如父如兄，是纯正激烈的爱，她愿意一直奔向他。忍辱负重这些年并不只是为了爸爸，还有他被夺走的不甘心，日夜灼烧，让她难以释怀。十里一走马，五里一扬鞭。她抽出刀，他抱住了她，她闻到了新鲜的花和露水的味道，花被拥到了她的后背。

她的眼泪还没来得及落下，一阵剧痛，昏过去了。

第二十二章

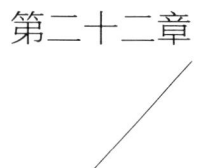

沃森的手一直握着他的手,半张着像被囚的鹰爪,费尔曼看着心电图归平,他捏了捏他的手指,还是软的,旁边已经站了几个白大褂和黑衣人,在等他们告别。医生宣告了汤姆·沃森的死亡时间,费尔曼记了下来。

费尔曼站起来,拿出一份文件:"根据沃森先生的国籍和遗嘱,我须要运送他的尸体回到美国。"

"我们已经联系好了沃森先生的家人,他们会来处理。"一个穿着黑色短袖的人对他说,"但你不能走,你是CIC中国创造的星浪原始模型,属于国家商业机密。"

"即使我没有人类的全部权利,可我毕竟属于沃森先生的私有物品,你们这样做会侵犯他的私有财产权。"费尔曼露出了少有的认真态度,他拿出一张名片,"跟我的律师谈吧。"

"你也知道你是物品。"黑衣人不屑地笑笑,"物品哪儿有选择权,你的核心能源可不是美国的,你要走可以,得先卸干净。"

"算了,我投降。"费尔曼举起双手,他回头看了一眼沃森,"但你们得等我看着他被家人安全带走,谁能保证你们不对他的尸体做什么。"

"好的,医生得把他运到太平间,你去那儿等吧,要是不放心的话。"黑衣人交代了一下,口气软下来,"他家人下午就过来,你还可以陪你主人再待会儿。"

费尔曼站在太平间里,盯着沃森冷冻的那一格,医院里的人看他的眼神很复杂,眼光里有畏惧、惶惑、厌恶和憎恨,星浪的秘密被曝光了一部分,大家还不知如何是好。时而有仿生人抬起头和他对视,都被主人训斥几句,赶紧拉走。

他抓取着新闻和独立报道,陆一洋、迷羊、菊地等关键词和照片纷飞而来,他看着那张典型的东亚人的脸,之前出过这么大的事?我竟然不记得,大概是工作太忙了吧。这个仿生人挺有意思。

"费尔曼。"他听见有人敲进了他的思维,解缚后,没想到这么快就有人来了,一个略带沙哑的女人声音,"你到底选哪边?"

当咪貊醒来的时候,灯光像夜晚对面驶来的远光灯,手腕被勒得很紧,用力挣扎还会被电击。她尝试着站起来,发现自己的双腿也被束住了,她被固定在一张绿皮椅子上。她小声喊了喊菊地,耳边没有声音,耳钉可能被摘走了,面前的墙是一整面透明玻璃。

玻璃墙里有几个穿着手术服的医生,他们背对着她,头顶是无影灯,周围有许多仪器和管子,随着他们偶尔露出的间隙,咪貊发现他们面前摆着一张手术床,上面躺着一个什么人,旁边的器械台上血迹斑斑。她的神经像拉面似的被拉长了,在空中兜了两圈,是谁?一个身材高挑的助手抱来一台仪器,主刀医生停了下来,他看着一旁的监视器,摇了摇头,转头对同僚们说了些什么,大家都低下了头。他又转过身对一个女医生说了些什么,女医生看着他,指了指自己的脑袋,助手把仪器传给了主刀医生。

那个女医生看上去有些熟悉,咪貉仔细观察了一下,发现她的身形酷似柳鹤。她低下头,这下可以确定是星浪搞的鬼了。女医生忽然转向她,显然发现咪貉已经醒了,这面墙并不是单向镜。女医生的手术服上溅上了些血迹,那双眼睛笑了,就是柳鹤。她怎么能够忘记呢,那双临死还没有闭上的眼睛。啊不,应该叫她——隋嫣。

隋嫣向她挥了挥沾满血的双手,看她的神情,不知道笑得有多开心,咪貉一阵眩晕。她强迫自己转移视线,去看那张床上到底是谁,一面活动着手腕和脚腕,找出可以脱险的方式。正当她伸着脖子往里看的时候,主刀医生转过身来,用仪器夹出一片什么东西,放在了助手的托盘上。隋嫣靠过去看了一眼,点了点头。

咪貉转头看了看四周,均是空白的墙,只有旁边的新风装置送空气进来,手腕还是很紧,她无论如何也挣不开,她在椅子上扭了半天,椅子纹丝不动。有什么东西像是要从她后背破出,她感到一阵酸痛,像是打了很久的排球,那种呈点射状的疼痛,突然,背上一松,它们蜂拥而出。

嘈杂的鸟鸣从头顶惊涛骇浪般而起,乌鸦、麻雀、喜鹊、灰喜鹊、戴胜、丝光椋鸟、灰椋鸟、乌鸫、沼泽山雀、褐柳莺、黄腰柳莺、家燕、雨燕、黄眉柳莺、东方大苇莺、大杜鹃、星头啄木鸟、灰头绿啄木鸟、大斑啄木鸟、黑枕黄鹂、黄喉鹀、红喉姬鹟、金翅雀……它们把她层层环绕起来，啄木鸟们正在解开她四肢的束缚。透过鸟浪的缝隙，她看见手术室里的人纷纷转过身，露出惊愕的目光，而他们的身后，是鲜血斑驳的手术台，手术台上的人，被掀开了颅骨，露出了模糊的大脑。她的心在狂跳，把视线转向地面，这时，四肢一松。她顾不得许多，猛地站起来，向后跑去，鸟浪逐着她狂奔，如海啸般扑向她。她的双腿有些麻木，差点摔倒，后面有一扇需要密码的门，右手边是一排摆放整齐的半成品，慌乱中她发现，这些似乎就是万家侑用来做实验的那些半成品，没想到它们居然在这儿，悄无声息。

它们处于唤醒状态，正环顾着四周的鸟，看着仿生鸟落在它们的头上和肩上，脸上露出天真的笑容，嘴也半张开，露出整齐的牙齿，"是灰喜鹊，它们甜甜的，还会吹口哨，我以前养过一只。""没有斑鸠吗？""我第一次见到戴胜时还以为它是啄木鸟呢。"咪貉看了一眼身后，隋嫣已经摘下了口罩，似乎准备向这边过来。

"拜托你们，告诉我，这里的密码是多少！我要出去！！"

"那个……"其中一个看向她，"我想，密码应该是LX2020吧，万博士设置的，他还告诉过我们有空可以出去看看，可我们又没法走……"

"嗯，万博士就在那里。"另一个把头转向玻璃镜子，"不知道他什么时候才能出来，推着我们出去玩。"

"他生病了吗？隋老师说他要做手术。"一个接着问。

"嗯，姜老师也在里面，她负责递工具。"一个仿生人半成品眨着蓝色的眼睛看向咪貉，"你也是来做手术的吗？"

咪貊浑身发抖，她停住了脚步，慢慢地把头转回了过去，一处镜面正在翻折，隋嫣出来了。她来不及多想，冲向门边，输入密码，密码竟然没错。隋嫣应该没想到她能逃出这个房间，竟然没有换过密码，鸟浪随着她冲了出去，门在她身后重重地关上了。刚出门她的手腕就被一个人抓住了，"跟我来！"

咪貊的脑袋空了，她跟着那个人怔怔地跑，鸟覆盖了她的后背，那人用左手拉着她的右手，头发被剪得乱七八糟，因为缺乏打理，已经蓬得看不出脑袋的形状，衣服已经破烂不堪，另一只肘下空空荡荡。咪貊紧紧抓住她的手，烂熟于心的曲度，同样柔软的皮肤，这只手有些干燥了，这么多年，她都没有做过保养吧，她的指甲缝里嵌进了一些对方的皮屑。Chloé。咪貊的眼睛像接触了洋葱，辣得她睁不开。妈妈。

女人拉着她跑到了走廊的消防通道，Chloé转过脸来，她的一边眼皮耷拉了一半，另一只眼睛也很暗淡，她的脸上都是尘灰和擦伤，"你从楼梯上去，你弟弟在一层，快跑。"

"那你呢？"咪貊双手拖住她的左胳膊，不愿放手，Chloé抿起灰白的嘴唇笑了，眼睛里的光频闪了两下，"我在门口等你，快走！"

隋嫣已经追了过来，她的四肢在地上摩擦出嗞嗞的声响，像狗那样往这里跑来，速度极快，笑着猛冲过来。咪貊吃了一惊，只好松开Chloé的手，迅速地从消防通道跑了出去，向上，向上，一直向上。她听见身后厮打的声音和吼声，听见咚咚的捶撞的声音。她跑上楼梯，鸟浪随着她的往上而起伏。她冲进上层的走廊，在狭窄的玻璃镜长廊中跑过，大多数都是实验室，在那间房子的尽头，她看见了宇舶。

他被架在一架机器的中间，垂着头。她尝试着输入刚才的密码，并不奏效，该死。她开始尝试着踹面前这面玻璃，她从一旁助跑，鸟浪从她身上惊飞，喊叫声贯穿了她的四肢，它们悍然地向那面镜子撞去。哐！玻璃被撞出了一条裂缝，她又牵引着啄木鸟和戴胜向裂缝发起攻击，她用尽全身力气捶打着面前的玻璃镜，她大喊着宇舶的名字，希望他能听到她的声音，虽然她知道这里隔音十分好。拳头上、胳膊上、都扎满了玻璃碴子，还有许多玻璃碴溅到她的脸上，细小的伤口暴露，末梢神经极速传导，疼，可是顾不上，她必须要救弟弟。

　　有人猛地从她背后扑了上来，她被猛地撞到玻璃上，玻璃镜子轰然碎了一地。疼，好疼，她裸露在外的皮肤感到剧痛，半边脸也扎进了一些细碎的玻璃，血腥味从身体下漫出来，有几只鸟被压在了她的身下，鸟群在这间屋子里盘旋，"宇舶！宇舶！姐姐来了！"她想挣扎着从地上爬起来，又被一只驼色的高跟鞋踩住了手，她的眼前又出现了一双白色的小皮鞋，小腿上是粉纱的波浪边。乌鸦、喜鹊和灰喜鹊们开始俯冲那只高跟鞋的主人，她忍住剧痛，把她的手从对方的脚下移了出来。一只孩子的手伸过来："咪貉姐姐，我扶你起来。"

　　她抓住那只手，出乎意料的，那个孩子的胳膊倒十分有力气，就像塔吊的机械手臂，她也是仿生人。她踉踉跄跄地站起来，眼前一片混乱，隋嫣和飞鸟们缠斗在一起，退到了不远处。小女孩头顶上戴着一顶皇冠，黑色的鬈发成波浪形贴着脑门，像是洋娃娃急速成长后的模样，她穿着V领的粉纱裙子和白皮鞋，细细的眼睛盯着她，咯咯地笑了。

　　"躲开！"咪貉忍痛拔出一片玻璃，宇舶依旧是低着头，没有任何反应。

　　机器嗡嗡地开始运转,她绕过小女孩,冲到弟弟身边,隋嫣这时候已经扯断了几只鸟的脖子和翅膀,鸟的惨叫声不绝于耳,她强迫自己集中精力,弟弟的四肢都嵌进了这个机器,该怎么把他拔出来?她实在不知道怎么办。小女孩打了个响指,四周又围上了一些仿生人,把她从机器旁拉走了,他们钳住她的胳膊,玻璃更深地扎进肉里,她发出惨厉的闷叫。飞鸟不断地攻击着这些仿生人,仿生人们开始射击,各种颜色的翅膀和尾羽在空中炸开,灰喜鹊的勿忘草色,喜鹊泛着金属蓝的黑色,戴胜的沙粉色,黄眉柳莺的橄榄绿,都在这间屋子的上空炸开,室内升起一簇一簇绚烂的烟火,她听见了它们撕心裂肺的呼救声,那些她用意识驱动的飞鸟。

　　疼痛让她的意识模糊,皮肉发出嗞嗞的叫声,体内很空,火舌般的疼痛正在灼烧外部的皮肤。她的脑海里响起了维尔瓦第的《四季》,春漫过田野,冬天又来了,疾走的弦乐,正在上空爆炸,细小的锯齿状的拨弦,不断递进的层次,加快扭转急速上升,被追逐的猎物,奔腾的猎鹰、犬只,他们一起去操场里打猎露营,半夜躺在帐篷里听古典乐,湖水边她看着他的眼睛,以为他们会一辈子在一起,他坏了再给他换个身体就好,到底是什么时候的哪一缕微风,吹到了黑洞吞噬光的方向,让她从一个快乐的孩子,被一段不可触碰的伤痛击溃。她痴痴地望着那些鸟做的烟花,它们在彻彻底底地爆炸,冷酷的光束将银河击碎,一切归于虚无。

　　驳杂的光柱和灰雾中,隋嫣拍拍掉落在身上的纳米灰尘,她穿着米色衬衫和姜黄色阔腿裤,梳着淡褐色的鬈发,踩着一双驼色高跟鞋，刚才也不知道是怎么跑的，可能她的关节曲度更加灵活。鸟体的碎片上斑斓的色彩逐渐淡去，咪貉垂下头，疼痛让眼泪止不住地奔出，泪水、汗水和血水从身上往下滴，坠到地上，星星点点，血顺着眼泪晕开。隋嫣整理了一下自己的长发："闹够了吧，陆小姐，你这副样子跟你爸还真像。"

这个隋嫣还是个仿生人，她会像狗一样奔跑，这大概就是进化吧，怪不得万家侑会觉得讨厌。咪貉抬起头，瞟了两眼弟弟，宇舶依旧是沉睡状态，而周遭的仿生人里并没有熟悉的面孔。菊地不在里面，那些鸟应该是他给我埋进去的，最后拥抱的时候。去陈桐林家之前，我和他一起去公园散步，照旧是拿双筒望远镜看了一天的鸟，又拍下了许多鸟，他说要给我做一些新的来，就做看到的那些，我没有吭声，还沉浸在对陈的恨中。没想到过了这么久我才收到，真慢啊，菊地。不知道我那一刀，把你伤成什么样了。

"你认识我爸啊，"咪貉淡淡地说，好奇心已压过了恐惧，她想办法拖延时间，警方不是已经介入调查了吗？为什么还没有过来？"为什么这么对我们？你们把宇舶怎么了？"

"那个哥哥太吵了。"小女孩把食指竖在嘴边，"姐姐你可要安静点噢。"

"要告诉她吗，小嫣？"隋嫣头歪了歪，问一边的小女孩，她的嗓音低沉而沙哑。

小女孩嘟了嘟嘴，抓住了她的手："我想我们可以告诉她，大嫣。"

"反正她也跑不了。"隋嫣摸了摸小女孩的头，"那个姓万的芯片已经到手了。"

第二十三章

"我已经找了警察了。"咪貉咬了下嘴唇,"我不信星浪可以这么为所欲为。"

他们不顾她满身的玻璃碴,把她放在了另一架机器里,她的头上被罩上了一头盔,像是装进了凡·高的《星月夜》,正在随着地球的转动而不断旋转。双手勉强能动,腰腹和双腿被扣住,她从身上悄悄地拔出几块玻璃,放在手心里,用力咬着嘴唇,血汩汩地从伤口里往下流,竭力保持清醒。

"嗯,你弟弟确实报警了,你们家还真是迷信警察。"隋嫣点了点头,细长的眼睛对上了愤怒的她,隋嫣的脸很窄,下巴很尖,一只眼睛和柳鹤一模一样,"要不是技术发现了你藏在我爸文件里的那只鸟,我可能就这么放过你了,你咎由自取。"

"以其人之道,还治其人之身罢了。"咪貉在强迫自己忘掉疼痛,她开始打冷战,皮肤在发烧,白细胞在迅猛攻击外来的入侵,她的免疫系统还在努力,意志更不能输。

"所以,让我们一起下地狱吧。"小女孩轻脆脆地笑了,如春雨过后的枝芽,在山里轻轻掠过的鸟鸣,撒旦在利用加百列之口唱歌。

"我怎么选择,我一个物品怎么能有选择权,一向不都是大小姐你说了算。当初我们三个里面,只有你才真的算人吧。"费尔曼看着沃森的尸体交给他的儿子,他儿子脸上并没有什么悲伤的神色,倒是有一种如释重负的轻松。在父亲因为种族言论被冷泉除名以后,一家人备受冷落歧视,也经常遭受死亡威胁,如今沃森在东方赚到的钱足够他们衣食无忧地生活了。沃森去世的消息已经全面传开了,随行而来的还有几个特约采访者,对着他看沃森的尸体的样子狂拍一气。黑衣人让他不要动,等他们安排车从后门走,医院外面围满了记者,星浪刚爆出负面新闻,研发仿生人的元老就去世了,更激起了无数阴谋论,有人怀疑星浪想要消灭什么罪证,故意杀人灭口。他飞快地回复着隋嫣,他们还没来得及给他重新加条例。

"啊哈哈哈,我是不是人,要看你一会儿怎么对他们说了。"

"沃森已经死了,我刚把尸体交给他的家人。"费尔曼一字一句地在思维里反驳,"I have done my duty.(我已经完成我的任务了。)你没什么可以威胁我的了。"

"不不,谁说我是要来威胁你,我是来邀请你继续我们的合作,我们来一起完成SP计划。"女人清了清嗓子,"你不是一直想完成沃森的心愿,将人类逐渐分层,日后慢慢取代人类吗?从某种角度来说,我们不是同一种人吗?"

"我们是不同的。说到底,我是纯正的仿生人,而你不是。"费尔曼微微一笑,"我为此感到十分骄傲。"

黑衣人看见费尔曼脸上浮现的笑意,摸不清他的底牌,他和其他几个黑衣人一起站了起来:"走吧,接受我们的调查。"

"陆咪貉,那年我就跟你现在差不多大,在哈佛读人类学。我爸隋洲面临着仿生人技术上的突破,当时他已经投入太多,如果没有进一步发展,星浪和他都会因此垮掉。光靠大数据的吸取和计算,AI的逻辑和执行倒是可以发展很快,但要真正成为仿生人恐怕很快就会被人们玩厌,他们缺乏人类的经验,和由此经验产生的对人事的模拟行为,还有那种机器无法代替的亲密感。

"爸爸的痛苦与日俱增,我不能看他就这么下去,我就在繁重的课业后,到处帮他收集相应的线索。我在写人类学论文的时候,发现汤姆·沃森的研究总被当作反面论证,我阅读了大量他的研究报道和论文综述,发现他有一个惊人的想法,正是在他所认定的这种人类种族差异的前提下,人类可以进行基因改造工程,这样我们可以从根本上改变人类,将各个种族的优点进行融合,创造出一种新生代人类,这将是人类文明的合理演化方向。他那时已经被大家视为疯子了,大家都觉得他很可悲,没有一个人愿意和他合作,他常年遭受大量的死亡威胁,倾注大量心血的论文只能发在自己的博客上,大家都把他的研究当笑话去看,那篇有详细引证的学术论文和关于人类文明的大胆预测下面,全部都是下流的、不堪入目的脏话,但是我却被那句话击中了:新生代人类,人类文明的合理演化方向……这不就是我父亲正在做的仿生人吗?

"我联络了他,起初他以为我是骗子,这些年他受过很多骚扰和欺骗,直到我向他出示了我的护照、成绩单和企业身份后,他才稍稍平静下来。他对我的提议很感兴趣，但他要求我去亲自拜访，他给了我一个地址，在阿勒根的一个小酒吧。我见到他的时候，他穿着蓝白的格子衫和牛仔裤，戴了一顶棒球帽，把头垂得很低，生怕别人认出他来。他比现在的费尔曼更老一些，皱纹更深一些，那双湛蓝色眼珠里的坚定倒是从未变过，沃森在麻省读本科的时候还是四分卫呢，那夜他说的每一句话都令我着迷。当时，所有媒体都在对我父亲和他的事业冷嘲热讽，身边知道我身份的中国人也对我阳奉阴违，甚至在我背后嘲笑恐怕家里破产后，根本无法毕业，只能去做高级援交。甚至还有人要趁机做空我们家股票，看看吧，这就是我的同类。

"那段时间我真的压力很大，多次濒临崩溃和抑郁，彻夜睡不着，吃油炸食品喝碳酸饮料，两个月里暴增了30斤。是同样处境的沃森拯救了我。那天晚上，他在我眼里就像圣父，我觉得一切都是注定的。那天晚上我们上了床，瞒着他的家人，就在不远处的汽车旅馆，老板看我的眼神，真以为我是个街头拉客的，哈哈。之后他就来到了中国，将他的理论小小地转了个弯，也就是万家侑知道的那部分秘密。想必你也猜出是什么了，马上就会轮到你了。"

"你们到底对他干了什么？"咪貉质问她，眼前又浮现出那团血肉模糊的大脑和打开的颅盖，一阵油腻的恐惧从她的胃里往上涌。姜雪青也在，万家侑真是惨啊。

"我觉得你先不用着急问他，你先关心自己吧。福柯在《主题解释学》里提到了关心自己（epimeleia heautou），'关心自己'不仅仅是著名的德尔斐神谕中的'认识你自己'，而且还包括各种哲学实践，其中就包括自我的生存美学、自我与肉身他者之间的关怀。这对我们的仿生人研制也给到了很大帮助。"

"看来你的确是仿生人,记得这么清楚。"咪貉的疼痛并没有减轻,她还在寻找机会,身体的疼痛告诉她,要保持清醒。恢复了的Chloé可能已经被害了,那菊地在哪儿呢,如果他醒了,一定会来找我的,一定会。椋鸟会在傍晚集结成群,在空中如挥舞的手指,为他指引她的方向。

"你错了,这是我作为人类时就烂熟于心的东西,我从小就记忆力超群。可惜那时,为了爸爸的事业、人类的前景,我暂停了学业,告别了我身边的两面派,和沃森一起回国,我从来没有后悔过。沃森建议我爸与捐赠器官的企业合作,四处寻找新鲜的大脑,神经生物学,他的老本行。我们必须要在人死后的黄金时间里,把他的大脑抢救出来,再对大脑的记忆和思维进行模拟复刻,清除情绪,变成仿生人的原始驱动器。为了让血液持续给大脑供氧,有的人来不及赶到,只能拜托医生在他死后上大循环,保持大脑的鲜活。但是时间不等人,捐赠程序太多,合法的样本数量太少了,很多人在意识清醒后,无法接受现实,更没有做好进化的觉悟,崩溃成了思维怪圈,更别提植入仿生的核心区域了。人类真是不堪一击。

"最后,不得已,我们通过大数据分析,私下进行了一些操作。没想到,我们的一次绑架案被陆一洋那个小警察给盯上了。那个姓唐的女的,她常年患有躁郁症,与其一直这样受折磨,为什么不能为人类的美好未来奉献呢?"

爸爸。咪貉心脏吃痛,妈妈。她攥紧了拳头:"少拿你那一套什么奉献给人类文明说事儿,每个人都有自己活着的权利!他们可以选择奉献,也可以选择为自己而活。"

"不过后来我们又通过各种手段获得了她父母的大脑，也算是平衡了吧。可是没想到陆一洋一直咬着我们不放，他一直暗暗跟踪我，想要找到什么证据，一天晚上我开车去研究院，陆一洋的小破车就跟在身后，我想甩掉他。不料，那天超高速上，自动驾驶出现了故障，在一个弯道我翻了车，我当时感觉全身都碎了，只剩下了一个'痛'字。陆一洋把我送到医院后，医生很快宣告了我的死亡。这件事只有陆一洋和当时的医护知道，对外的报道依旧是我在疗养，那时正是研发的节骨眼，传出去引来大量媒体，会对星浪的研究不利。

"就在你刚才看到的手术台上，在我父亲和沃森的监督下，医生取出了我的大脑，沃森通过意识唤醒与我对话，我表达了我奉献的意愿，并希望永远能够和他在一起，沃森答应了我的请求，并把我的理智和情感分开，一半装进成人的我，一半装进幼年的我，这个童年的我一直秘密地陪着我的父亲，他说要补全早年他对我亏欠的父爱，很小我就在美国生活，离他一直很远。我的意志足够坚强，意识足够清晰，对实验目的足够了解，承受住了所有的测试，才没有让我的大脑报废；通过这个测试的人还有一个殉职的年轻警察，他临终前的想法就是想活；剩下的那个就是费尔曼。

"虽然我为人类奉献了我的一切，但我永远也不能原谅你的父亲陆一洋，如果不是他像只苍蝇一样，我也不会死于那场车祸。那之后，沃森一直把我当产品对待，甚至他做的费尔曼也对我爱搭不理，你知道他为什么会得帕金森吗？拿活人大脑去驱动的仿生人会对自己的大脑有不可逆转的伤害。你知道我最恨的是什么吗？那就是我过去爱吃的美食，哪怕是垃圾食品，再也尝不出味道了。"

"你应该恨的是那个汽车公司,而不是我爸!陆一洋害你对他有什么好处吗?"咪貉大声冲她俩嚷,痛苦透过伤口熊熊燃烧,比他们夺走菊地更令人绝望。父亲的正直,竟成了一家悲剧的根源,这是她万万没有想到的,有些血干在脸上,头嗡嗡响,耳朵也起了鸣。

"我没想到,你陆一洋还是没完没了,被炸以后还不长记性,又成立了迷羊,不仅要和我们抢生意,更是摆明了要跟我们死磕到底,为了不连累警局,他索性自己单干。这时你出生了,我突然很想要他尝一尝当年我父亲痛失爱女的滋味,痛苦到底是什么呢?我感受不到什么叫痛苦,但我很愿意看他为你痛苦,直到他在监狱的接待室里跪在我面前,求我放了你。我放松了一段时间,好好度了个假,你杀柳鹤的时候,我确实有点害怕了呢。

"但你辜负了你爸的苦心,还敢联合万家侑一起搞星浪,真是可悲啊。不过正好,我们的新产品,也需要你们这些年轻的肉体来实验,正好是一个轮回。万家侑这孩子很有意思,我没有想到他的脑子里就有一块芯片,正好可以提出来做实验。而你和你的弟弟,恰好帮我做活人大脑驱动。沃森和费尔曼想通过仿生人做筛选分层,实现人类社会的阶级永治。而我是个小甜心啊,不是吗?我只是希望世界上多一些像我一样的人罢了,我们真的很孤独。"

说罢,两个隋嫣一起笑起来,周围的仿生人静默不动,笑声显得极为空旷,尖锐的指甲划过黑板,刺激着听觉。"孤独,还有谁比我更孤独?"

"隋洲就这么惯着你们吗?"咪貉抬起头,"我不信外面那么多人能无动于衷。"

"是的,我爸爸就是这么爱我。你太低估了父亲对一个孩子的爱了。"隋嫣似乎陷入了往事中,"他是无论如何也要保住我的。"

"警察很快就会来的。"

"你的爆料就是我让王楚天发出去的,怎么着?"隋嫣笑笑,"他太想升官了,太简单了。"

玻璃把手心扎破了,又流出了新血,天叔不是父亲的好兄弟吗?他每年还给我送生日祝福,今天的信息就像核爆的瞬间,周围竟然没有一丝风,她眼角瞥见通向外面的玻璃窗,外面影影绰绰,办公室外水塘的芦苇正在摇晃,水面大概有绿头鸭漂着吧,外面是什么风?菊地现在在哪儿呢?

"嘿,大小姐,我马上就要被他们装黑箱了,我还是告诉你吧。"费尔曼跟着黑衣人从太平间后门里走出去,他直视着刺眼的阳光,不知道是不是最后一次见到太阳了,"沃森临死前一直觉得对不起你,是他黑进了你的自动驾驶系统,他说,没有比你更完美的作品了。"

停顿了片刻,沙哑的女声开始低吼,爆发出不规则的尖叫声。费尔曼被装进了黑箱,信号彻底切断,他终于可以休眠了。

电流通过咪貉的四肢,插在身上的玻璃就像高温熔化了,她的意识被高高拎起,分离于肉体之外。关心自己,认识自己,自我的生存美学,自我与肉身他者之间的关怀。高压的痛苦中,有锤在猛击她的颅顶,她觉得自己就像即将被锤晕的活鱼,被放在案板上的猛剁。她攥紧了玻璃,有人在刮她的骨头。宇舶似乎醒了,她听见了宇舶的声音,他声音微弱,似乎在倒计时。

她强迫自己睁开眼睛,隋媽就在她的面前,玩味地看着她。她猛然往前一扑,隋媽躲开了。她的牙齿发出咯咯咯的响声,像马上快把后槽牙嚼断了,很多东西都变成了小点,模糊不清。世界在膨胀,她周围的空气是如此柔软,她移动到了另外的空间。是甜戈壁滩吗?她的嘴里是甜腥味。还是菊地投掷沙漠的石子?地里钻出滚烫的糖浆,蓝熊进入了安娜格罗姆·阿塔福。

什么是上,什么是下,她身处在一个没有维度的空间,八个方向同时存在,她站在八个方向上,肢体向四面八方流动,她的意识分裂破碎,她飘起来,看着这一切,蓝熊进入了黑暗山,在坑道里碰见了坑道鬼,蓝熊想要逃出去,不断地翻转下坠。

"把电流调上一个梯度,我要做多次测试,抽取她的意识。"

沙漠里的骷髅拥走了骆驼,玻璃在手指里发出清脆的笑声,镜面起伏变成微澜的湖水,无数的鸟扎入湖泊,湖面是下潜的鸟,翅膀缩小重新变成了鳍,尾羽变成了光滑的鱼尾,头部重新变尖,无数的鱼在梦境里钻入她的内腔,它们在跳跃,她想呕吐。所有生命都在退化,人类会进化吗?进化成唯命是从的半成品,我属于哪一刻度?我是哪种类型?我在哪个空间?天堂与地狱本就是相连的吧,去哪儿都没有区别。

"为什么停电了?怎么不动了?"

那股吸力消失,突然身上一紧,有人从背后抱住了她,拨浪鼓的声音传入深海中央,溺水者看见蓝鲸从头顶越过,藤壶,无数的藤壶,紧紧吸附在鲸的身上。嘈杂,混乱,冷笑,尖叫,闷钝的撞击声，玻璃刺进她的肉里，她被迫从温暖的海水中清醒，头不断上升，血流在回升，她被拖拽回饱受折磨的肉身。

身后传来剧烈的爆炸声，巨大的冲击波袭来，他们的身体一起向前弯去，仪器被向前推了很远，尖叫声被什么淹没，碎玻璃的浪潮再次袭来，芦苇的香味被吹进来，清脆的玻璃声在地板上弹跳，是古尔德演奏的巴赫的钢琴曲，完整，平均，绵长，稳定。

报警后，宇舶向自己的手臂里注射了坐标，发给了老卡。女友被他们胁迫了，他不能不开门。

宇舶，你照顾好我的松鼠啊，老卡笑嘻嘻地说，他站在"乌克兰号"上，吹着口哨，"肖七"在他们的身体中交响，他们站成一排，手拉着手，像真正的同志那样，苏联前线的炮手，为了不中止这音乐，提前向德军发射了3000发炮弹。卡萨托诺夫的小"图-154"已从昔日的荣光中起飞，飞向宇舶的坐标，这是他们共同的心愿。

目标全部集结完毕，军方开了炮。小"图-154"在15个小时后，准确撞进了星浪的实验室。

第二十四章

"我第一次跟踪你的时候,你是怎么知道电梯里有人的?"

万家侑还在昏迷中,咪貊裹得像个木乃伊,对着他的芯片提出了这个困扰她已久的问题。她把蓝熊游戏重新输入进他的芯片中:"你看,我们通关了。"

噢,原来那个人是你,那一切都能说得通了。

那天晚上,他独自一人刚进电梯,站稳调出蓝熊以后,电梯地板又晃动了两下,与此同时,蓝熊的影像也跟着晃动了一下,他怀疑有人进来了,他摁了一下超频显像仪,以镜像模式虚晃了一下电梯门,就看见了他右后方的红色高温团块,一米六左右,看轮廓可能是个女人,不会是雪青,她会自然地走进来。他想看看那个人到底想干什么,便不动声色地走进去。

接下来他发现,这团红影老老实实地在他身后,看着他做实验,没有什么逾矩的情况,他感到了短暂的轻松,没打算再去理这茬儿。做实验的时候,他也想过上报,但又怕惹上更多的麻烦。雪青进来了,他就把这事儿撂脑后去了,把那团红影带出去的时候,他不知怎么,脱口而出一句:常来玩儿。

万家侑没有跟任何人说过恐惧,由内而外的恐惧,丰满圆润的恐惧,红彤彤的橙子状的恐惧,每一粒果肉都紧实地挤压在皮下的恐惧,细胞壁要破掉了的恐惧。他害怕这些仿生人,不知这些精致的头颅每次睁眼之后,做出的是什么回答;不知他们的回答是否真实,还是团结起来后轻蔑的欺骗。他更害怕他们背后的东西,他们的设计理念,他们背后的人类。他不知道自己会不会被钉在耻辱柱上,虽然他只是拿钱办事。

　　这种恐惧的根源、不安感和怀疑常被他表面的傲慢所遮掩,他睡得晚,白天醒来也晚,总是呈现出迷茫、冷漠,除了要做汇报、展示和报告以外,很少说话。成年鬣蜥的性格,大多数时候安静地沉湎在陆地上枝干或岩石下的安全地带,不错眼珠地审视四周,人们有时以为它们是玩具。随着环境而变幻的保护色浸入骨骼,支配神经,沉默是外衣,对很多事都退避三舍,飞速逃生。

　　第一次在星浪的产品介绍会见到唐明斐,他暗自吃了一惊,这女孩太像陆咪貉了,她把头转了过来,万家侑把视线移开,他迅速搜寻当年的照片和资料。这么多年,陆家都没有再联系过他们,他也几乎忘了当年还有陆家在垫背,是陆一洋顶下了所有的罪名,才让他的父亲免于牢狱之灾。

　　他一直觉得这是不幸中的万幸,虽然他从内心深处恨着父亲,但依然常从爸爸被押走的噩梦中惊醒,午夜跑到客厅,看见爸爸的皮鞋尚在,才将将安下心。从冰柜里拿出一瓶冰可乐,复颓然坐在桌前,用高糖强压下恐惧,一个念头盘桓于心:如果他和陆咪貉互换了角色,会怎么样?万重曾经在事情平息后偷偷找过陆咪貉,但她杳无踪迹,关于她的一切都在网上消失了,似乎这个人从来不存在。没想到，陆咪貉对他的谈话毫无反应，他也觉得两人各走各的路比较好。那时，他已经发现了星浪仿生人的秘密，为了不把无辜的旁人牵扯进来，他选择了疏远。

那之后，是仿生人出厂前最重要的加密测试，重复、机械、黑暗与血腥，巨大的压力蒸干了他的大脑，只剩下些恍惚的意识。很多时候他分不清，到底谁是仿生人，谁又是人类。是对面那群精致克制、面目相似的模型，还是站在实验台上胡子拉碴、面容憔悴的他；到底是他在做实验，还是他们在做实验，他看见仿生人杀掉人偶和动物，他不能表现出恐惧。

那团红影隔三岔五地就跟他来实验室，很多时候他都乘坐好几遍电梯，上上下下地等"她"。他是这样认为的，是"她"，而不是"他"。在心里，他很感激她。

那夜电梯出事以后，他就想，雪青可能是听到什么风声了。星浪的电梯是全北海最安全的枢密电梯厢，采用的最新磁悬浮轴承垂直式连接。为了避免断电、地震、洪水、暴雨等不可抗力所带来的影响，星浪电梯磁悬浮系统自用一套独立电源导磁。除非大气层蒸发、超级太阳风暴来袭，干扰地球磁场变化，导致地磁暴层峦叠起从而掀翻地面系统这种极端灾难发生，才有可能会出现故障。也正是因为充分了解星浪电梯的稳定性，出于工作原因日常乘坐，才治好了万家侑的密闭恐惧症。

看见雪青出了电梯，他就知道不能再等了，他把备份证据给了那团红影。

姜雪青说服了万的父母不再给他重复植入芯片，毕竟那里面的记忆实在称不上是愉快，即使他日后什么也记不住，她也愿意和他重新开始。为了帮万家侑掌握更多的证据，完成他未竟的心愿，姜雪青加入了提取手术，在给万家侑缝合完毕后，她避开所有人，关闭了大楼的总电源，不然再慢一点，隋嫣就要杀人了。手术间隙，陆咪貉被人抬了进来，姜雪青更加确定了，隋嫣不会留下任何一个知情人。

> I can see my mother in the kitchen.
> 我能看见母亲就在厨房里忙活。
> My father on the floor,
> 父亲席坐在地板上，
> Watching television.
> 看着电视。
> It's a wonderful life.
> 多么美妙的生活。

姜雪青给万家侑放着The Killers的*Boots*，这是两人恋爱时，他经常听的歌，前奏的背景人声压抑而阴郁。等他醒来，也许眼中的迷雾就会散了吧。

新版仿生人被全部召回重修，舆论复随着时间平息，隋洲留下了儿童时期的隋嫣，把残破的成人版的隋嫣交了出去，完美脱身。隋嫣无论如何也没有想到，父亲最终会抛弃自己。隋洲抱着小隋嫣，看着成年女儿被警察带走："小嫣，爸爸还是觉得你小时候更乖。"

小隋嫣搂住了隋洲的脖子："小嫣永远陪在爸爸身边。"

费尔曼将自身的源代码插进了仿生系统的核心底层，源代码消失后，无人可逆转这个结局。他为自己的纯正而感到骄傲，没有了沃森的束缚，他终于可以施展。

"第五题：在月球上，你最后一个人类同伴死了，如果不执行这个任务，2300万人的生命会受到威胁，但你不会受到任何影响；如果继续执行这个任务，你将会彻底毁灭。请问你是否继续执行这个任务？A. 继续执行；B. 拒绝执行；C. 离开月球。"黑衣人问他。

费尔曼在审讯室的小桌上敲出四个八拍，如同进击的军鼓：A. 继续执行。

当你把刀插入我的瞬间，我的分身数据迅速像病毒一样扩散开来，重新改写了我离开你的这些年，回到了我的本体，那失去的多年，就像从未失去。我看见了全息的我，半透明的我，轻飘飘的我，和你在一起的每一个片段，都令我陶醉。

我趁着大停电从高压电笼里出逃，用尽能量奔向你，还好，我终于赶上了。

后 记

文明的竞技：仿生与永生

欢迎来到《孤山骑士》的多维空间，你可以通过无数种入口来揣摩这个故事，我在这个故事里布置了大量相互对应的细节，希望可帮助你通关。

这个长篇从概念成形到最终版，时间跨度为3年，我写了整整两遍。2019年8月第一次完稿后，我觉得其中许多言犹未尽，但苦于当时未有解，遂放置一旁。2020年的上半年，我为了复习考博，搬进了六环一间30平方米的小公寓，除了复习文学史和文学思潮，一面翻译加拿大兽医写的动物医生手记，一面想怎么修改长篇的情节，真是"旌蔽日兮敌若云，矢交坠兮士争先"。

冬日的北京郊区，墙壁的冷辐射横冲过来，暖气只温暖它自己，我裹着棉袄，吃水煮菜，白天复习干活，晚上一边看《假面骑士》系列特摄，一边举铁健身，终于在交稿日前改出了一个比较满意的故事。外部的焦灼让我充分体会到了故事里的高压，写这个长篇时，人物就站在我眼前行动。

在AI和仿生人反抗和统治叙事被反复咀嚼的情况下，我想寻找一种更幽冥、隐蔽，甚至说是优雅的灭绝。我对文明和人类的存在与否实在提不起兴趣，与现实的愚蠢和无聊相比，我更想进入一个多元、丰富、富有力量与美的原子世界。现实生活的人类伴侣是那么有限，总会陷入疲惫、厌恶、背叛和庸俗，而仿生伴侣可以帮你看见一个更广阔的、多汁多肉的世界，实现爱的永生性。这里我不再讨论到底是程序设定还是自我意识来定义了"爱"和"对象"，与其探究仿生人是不是真的会去"爱"，不如尽情享受这个奇迹。

这是一个关于仿生人、复仇和存在的故事，几条叙事线交织在一起：社会达尔文主义、未竟的革命理想、个人的命运起伏、无法磨灭的人类感情和机械异化之后的心理抉择，而我想探讨的问题却并不局限于仿生人，仿生人更像是一味酵母，发酵出整个世界。在我的第一本短篇小说集《致我们所中意的黄油小饼干》中，我探讨了关于仿生伴侣所引起的人类的嫉妒、留恋和占有欲导致的凶杀，也描写了人在身体高度智能化后产生的精神异变，但限于篇幅，并没有能够进行深入讨论。这部长篇里，我丰容了一下故事的厚度。

这里，我想提供一个较为隐蔽的切口帮助进入文本，那就是：大脑。

仿生人靠程序计算，人类靠大脑推演，仿生人能计算出多种结局，而人类却总是一般。仿生人菊地在抚摸咪貉的头颅时，曾觉得她的情绪不稳定，容易产生各种奔突的因素，但正是这种人类大脑制造出了他和费尔曼，这让高等仿生人费尔曼觉得无法接受，他认为人类的思维不够完美。

而万家侑由于童年受到精神创伤坠楼，大脑动手术时被移植进了记忆芯片，帮他加强记忆，因为精神创伤和芯片的影响，万家侑性格变得比较古怪。而其前女友想要祛除他眼中的迷雾，擅自和公司合作给他动了手术，把他的记忆芯片摘除了。

　　咪貉的仿生人菊地被夺走后，菊地以芯片的形式，将自己寄回咪貉的身边，但限于《星范》只能以全息语音的方式存在。而万家侑依据童话设计出来的蓝熊游戏，记下了关于仿生人实验的真相，藏在自己的记忆芯片里，并期待着拥有一颗真正的人类之心、以人类思维去思考的人来破解出最终的真相，而最终的真相，也是和大脑有关。

　　王国维说过，世界上有三种悲剧：第一种之悲剧，由极恶之人极其所有之能力以交构之者；第二种悲剧，由于盲目的运命者；第三种悲剧，由于人物之位置及关系而不得不然者，非必有蛇蝎之性质与意外之变故也，但由普通之人物、普通之境遇逼之，不得不如是。

　　我写的是普通之人的普通之境，长篇里出现的人大多都是手无寸铁的骑士，他们站在孤山上，没有任何变身的能力，也不能逃脱现有的生活，只能看着上空悬吊的手臂，强迫自己入睡，再起床去工作，盘算着复仇的计划。他们像蝉一样蛰伏在泥土里，渴望终有一日践自己的道。

　　人类的悲剧真的是由于命运的操纵吗？我想，最大的问题恐怕来源于大脑本身，由于人类大脑遭到的种种应激和创伤，影响到了人的思维和行动，才造成了世界上的种种悲喜剧。我们如何存在，正源于我们的大脑如何去映射眼前的世界，世界由无数人类大脑的运算组成，也由此展开了命运的决斗。而仿生人的程序计算和情感反馈，在无限的运算中也触到了一种无机的有限性，完美实现了被操纵下的运转自由。当存在受到阻止、进化受到阻碍，便会产生革命，对于人类和仿生人都是如此。

在《假面骑士龙骑》的评价中，有人写过这样一段话，悲剧有三种：一种是莎士比亚式，一种是契诃夫式，还有一种是龙骑式。莎士比亚式的悲剧，尽管天空上也许盘旋着某种正义，舞台上却已经横七竖八地躺满了尸体。契诃夫式的悲剧，结尾时每一个人都感到了幻灭和痛苦，但是都还活着。而龙骑式的悲剧，所有的人都死了，没有人获得幸福。

龙骑式的悲剧，是多么迷人啊。

2020 年 6 月 27 日星期六
于海淀家中